BIBLIOTHÈQUE LUSITANE

Ouvrage publié avec le soutien de
la *Direction générale du livre, des archives et des bibliothèques* / Portugal

GOVERNO DE PORTUGAL
SECRETÁRIO DE ESTADO DA CULTURA

Éditions Chandeigne
10, rue Tournefort – 75005 Paris
Tél. : 00 33 (0)1 43 36 78 47
www.editionschandeigne.fr

partenaire de la Librairie Portugaise & Brésilienne
www.librairieportugaise.fr

ISBN : 978-2-36732-176-9

Dépôt légal : septembre 2019.

Valério Romão

Les eaux de Joana

TRADUIT DU PORTUGAIS
PAR JOÃO VIEGAS

Chandeigne

Biliothèque Lusitane
dirigée par Anne Lima & Michel Chandeigne

Titre original : *O da Joana*

Le monde est tout ce qui arrive

L. Wittgenstein

À ma mère, à Teresa, à Ralina, à Aliette.

C'était une fête privée et les gens vaquaient à travers l'appartement de São Domingos de Rana, un spacieux rez-de-chaussée, avec deux amples vérandas, où s'agglutinaient les convives qui échangeaient, dans l'ouverture des portes coulissantes, des pronostics sur le prochain Benfica-Sporting et des briquets. Dans ces poches d'air interstitiel, s'élevaient de généreuses colonnes de fumée dans lesquelles avançaient, *paso doble*, la civilisation et le cancer, pour aller se répandre sur les vêtements accrochés aux étendoirs. C'était une fête familiale, chaque couple avait apporté, dans des *tupperwares* ou enveloppés de feuilles d'aluminium, des gâteaux préparés dans des efforts marathoniens pour concilier boulot, enfants, courses et cuisine, ainsi que de non moins fatigants amuse-gueules salés, des jus de fruits aux étiquettes blanches estampillées d'un sourire aseptisé, des vins à foison, de l'Alentejo pour la plupart, bon marché mais buvables, des vins qui ne rassasient pas l'ego sans pour autant le destituer, dans des bouteilles qu'on pouvait apporter sous le bras, sans les enrober d'un sac de couchage en plastique, et des chips et des cacahuètes salées, des petits

fours en tous genres, saupoudrés de cannelle, de sel, de piments, ou de sucre, miniatures en forme d'étoile, ou de *duomo* milanais, une incroyable variété garnissant la table en pin massif, achetée lors d'un voyage à Paços de Ferreira lors d'une promotion de meubles aux lignes démodées, qui surprenait par l'apparente actualité de ses formes et par la robustesse de sa construction et, lorsqu'on était arrivé avec à la maison, il avait fallu la faire entrer par une fenêtre de la véranda, car elle ne passait pas par la porte d'entrée, c'est alors que la femme avait remarqué que la table avait une bosse dans un coin, indécelable dans la pénombre du magasin, et elle en était devenue toute triste.
Les enfants, un bourdonnement de frelons nains, carambolaient dans une frénésie incontrôlable qui s'arrêtait à peu près au niveau de la ceinture et, depuis le fossé impraticable qu'on nomme l'enfance, ils faisaient irruption, éclaboussures de feu d'artifice, avec une infinie variété de cris à travers lesquels leur énergie s'éteignait, très lentement, comme le temps figé sur la corde du funambule. Parfois, quelqu'un trébuchait sur un mouflet et, aussitôt, il se répandait en excuses et en bisous, répudiés les uns comme les autres avec la même détermination, prolixe et audible, qui avait pour effet de faire s'approcher de la source sonore la progénitrice, attirée par le timbre particulier de ce sanglot concret, dans un magnétisme primaire qui pourrait être documenté en vidéo et, dans un *discovery channel* quelconque, on verrait alors le petit José

au premier plan, hurlant sa fureur qu'on lui ait écrasé le petit orteil puis, filmée par une autre caméra sur un autre plan, surgirait Josefa, d'abord amusée, éperonnée par les railleries, mais aussitôt alerte, la caméra focaliserait alors certaines expressions *remarquables par leur caractère primitif,* comme le soulignerait le narrateur, un anthropologue de Cambridge docteur en programmation neurolinguistique, ayant fait carrière des deux côtés de l'Atlantique, consultant à ses heures perdues, accroc aux jeux de rôle *online* et propriétaire d'une chienne nommée *Brandy,* qu'il promènerait dans tous les jardins de Londres, afin d'aborder le plus grand nombre de femmes possible, sans jamais rien engager avec aucune, parce qu'il se trouverait moche, ou par respect freudien rétroactif envers sa mère, on ne saura jamais, conservant tous leurs visages, leurs seins, leurs parfums, dans un laboratoire imaginaire où il essayerait diverses combinaisons d'où s'épanouirait, en érections très acceptables, le palimpseste d'un désir infini, et Josefa, pour en revenir à elle avant que l'anthropologue n'achève de conclure, suivait la piste des pleurs prise en filature par une caméra qui la projetait en un plan transformé, une fois sur la toile, en thèse universitaire, dont le corollaire serait l'idée que tous les primates se ressemblent, du moins quant à leurs pulsions les plus authentiquement profondes, tout le reste, poésie et musique comprises, n'étant que le revêtement fragile d'un corps qui ne sait pas se résoudre à vivre tourné vers l'intérieur ou vers l'extérieur, et petit José, violet de rage, car sa mère ne trouvait pas la chambre, sanglotait suspendu à sa morve, la fin de la fête, quant à l'adulte maladroit, celui-là, il s'était éclipsé depuis longtemps.

Une oreille fine qui n'eût pas réprimé sa curiosité au prétexte que ce n'était pas son affaire, eût perçu en passant à côté d'une des chambres interdites aux garnements, qui respectaient tout de même certaines règles – les adultes en convenaient tous à voix basse, satisfaits –, un son, un pleur, un pleur étouffé et torturé, dans le registre des basses, et quiconque eût passé par là muni d'un cœur, en général, et d'un cœur féminin normalement calibré, en particulier, n'eût pas résisté à tourner la poignée de la porte puis à s'aventurer dans la pénombre de la chambre, où reluisaient, éparpillant la lumière accumulée dans le chambranle de la porte, des objets en plastique dont on devinait, faute d'hypothèse plus plausible, la fonction ludique, des petites voitures ou des armes factices, combinaisons de plastique et de vide avec des appliques argentées et des morceaux manquants et, dans la chambre, Joana, dans une impulsion de sonar, écourtait l'espace qui la séparait des pleurs, heurtant de la pointe de sa chaussure des objets inconnus qui s'interposaient entre ses pas et, parvenue au berceau d'où provenait le son, elle écartait du bout des doigts les couvertures d'où émergeaient, vociférant, les pleurs réclamant l'arrivée de leur public réticent.

Joana, avec une attention méticuleuse, tripotant le bébé qui se contorsionnait comme un mollusque, écartait les draps du lit jusqu'à mettre complètement à découvert le corps revêtu de coton bleu, d'où sortaient, en vagues successives, les pleurs inquiets par lesquels la gravité affective se contractait comme en un trou béant, appelant, d'abord, les femmes puis, en désespoir de cause, un homme quelconque que ne laisserait pas indifférent l'énorme disproportion entre le corps qui criait et le cri.

Joana crut qu'il suffirait de prendre le bébé dans ses bras pour qu'il cesse de pleurer, mais celui-ci, une fois placé à la verticale, incapable encore de soutenir son cou sans un appui généreux, démontrait, à pleins poumons, ne pas avoir besoin de chaleur humaine mais d'une chose toute différente, peut-être complémentaire, une chose placée, sur l'échelle de Richter des désirs, quelque part entre l'affection et le sommeil, et Joana, mettant en mouvement sa pensée, se vit défaire son soutien-gorge plus naturellement qu'elle ne s'en serait crue capable et faire poindre dans la lumière tamisée de la pièce un téton d'où transpiraient déjà (pour un œil muni d'un puissant *zoom* qui obéirait à volonté) des gouttelettes microscopiques de lait, que Joana faisait affluer sur le mamelon rose en une éruption opaline. Le bébé, peut-être par intuition, peut-être par coïncidence, cessa de pleurer dès que Joana pensa à lui donner le sein. Le contact avec le lait se produisit déjà dans un relatif apaisement, le

petit se trémoussant seulement d'anxiété naturelle d'un désir encore aveugle à sa propre postérité, car à cet âge-là, voire parfois à un âge bien plus avancé, l'identité est comme une rage de dents, qui éclipse tout le reste lorsqu'elle se produit, si bien que le corps qui a faim n'est plus qu'une bouche, que le corps qui chie n'est plus qu'un anus, processus aussi primitif que difficile à verbaliser, qui valide à la fois Deleuze, le sadomasochisme et une bonne moitié de Freud, et Joana, assise sur le rebord du lit, son enfant dans les bras, faisait office de *pietà* domestique pour qui voudrait bien tourner la poignée de la porte et laisser la lumière entrer dans la chambre.
La succion lente et continue de la bouche du bébé collée à l'alvéole du mamelon forçait Joana à baisser le rideau de ses paupières, fourbue par une journée dans laquelle on en avait fait entrer deux, fatiguée des nuits striées d'intervalles de pleurs et de faims, rompue et meurtrie par les vergetures aux seins, gerbe de sillons prouvant l'existence de l'enfant, s'il y avait eu le moindre doute, lors des rares occasions où elle se réveille en silence, fatiguée des preuves d'affection qu'il faut donner pour expier les heures dérobées à l'économie familiale, entre demandes de pardon et demandes de compréhension, chaque coin de la bouche articulant une requête distincte dans une dissonance d'avécé, et le bébé, dans les bras de Joana, en attente d'être rassasié, pédale d'avidité, pendant que Joana, souriant dans la pénombre, lui caresse la

tête, près de l'atlas, dans un petit creux entre deux tendres tendons qui maintiennent la peau dans une tension de pont suspendu.

Transformée en trayeuse facile et disponible, Joana s'appuie peu à peu au chevet du lit et les doigts de sa main gauche caressent avec précaution, à cause de l'alliance en or avec son inscription intérieure *pour toujours,* qu'elle n'enlève jamais à présent, par honte de l'inaltérable puberté de la phrase, elle ne l'enlève pas à cause de l'allergie que ce serment provoque sur son nerf cynique, elle ne l'enlève pas parce qu'elle n'est pas prête pour l'éternité, mais encore moins à reconnaître son erreur et, dans un mouvement d'audace, faire effacer ces mots pour apaiser son aigreur, saturée déjà par le travail, par les enfants, par la vie intraitable qui met un péage à l'entrée de toute voie permettant à l'imagination de soulever les jupes des choses et le plastron d'ennui qui les enveloppe et, la tête remplie de pensées décousues, crépitantes dans une explosion de *pop-corn,* Joana se sent excitée, d'abord sans trop savoir pourquoi puis, sans y attacher trop d'importance, les yeux fermés, la zone que ses doigts caressent sur la nuque du bébé devient tout à coup un pubis inversé, une petite pente imberbe descendant vers une cavité qui recèle, au plus profond, dans un abandon d'arbuste déplumé, un clitoris bien visible que ses doigts n'atteignent pas, soit par pudeur, soit par ineptie, et Joana croise les jambes sans interrompre la succion, afin que, subitement, son propre mont de vénus soit le reflet spéculaire inversé de la petite pente derrière la tête de l'enfant, où sa main creuse des cercles que le plaisir emplit peu à peu en s'évanouissant, comme de la neige tombant dans un puits, et les cuisses contractées l'une contre l'autre, Joana parvient à provoquer des répliques dont l'épicentre variable se situe, tantôt, dans le ravin imberbe recouvert de coton, tantôt, en un point situé à l'intérieur des cuisses, d'une imprécision définie, un plaisir *heisenberguien,* non localisable mais, certainement, plus ou moins là et, dans les rares moments où elle interrompt l'apnée du plaisir, Joana pense que tout cela, une mère et son enfant, le plaisir des sens qui se confondent, ça doit être normal, elle pense que, si ça se trouve, ce n'est qu'un inconscient de plus racheté depuis les profondeurs de l'ignorance et de l'obscurité, peut-être faut-il que, tous les cent ans, surgisse quelqu'un dont la radicale honnêteté vienne témoigner de la nudité intérieure de tous les hommes sur le canapé de la thérapie et, bien que Joana n'ait aucune prétention scientifique ou thérapeutique, elle n'en a pas moins un cerveau et quelques instincts appréciables, tout entiers tournés en l'occurrence vers la conservation de sa santé et vers le maintien du rythme du plaisir, même si tout cela repose sur de la boue, pense Joana, mais le plaisir, personne ne me l'enlèvera, et le bébé suce de plus en plus fort le lait qui se raréfie dans les vaisseaux lactifères, pendant que Joana remue légèrement mais intensément le bassin pour conjuguer au futur proche la possibilité d'un orgasme, qui pourra provenir de son pubis aussi bien que de celui inversé que ses doigts distraits ont trouvé derrière la tête de son fils qui, plus tard, adulte, ne se rappellera pas ce qu'il n'aura jamais compris, car tout compte fait il n'est que faim et pleurs et, tant que le langage ne coulera pas de sa bouche, il ne sera rien d'autre qu'une créature pour qui la postérité des désirs n'existe pas, un temps qui s'accomplit dans un présent parfait, sans mémorisation du passé ni tension vers l'avenir, un point unique qui finira par se distendre, d'abord en un cercle tracé par le quotidien et par la répétition puis, ultérieurement, en un horizon aplani, à propos de quoi Baudelaire disait qu'il suffit de dix kilomètres carrés de mer pour sublimer la sensation de l'infini.

Dans le corps de Joana, étourdie par le nouveau vêtement des sensations qu'elle connaît maintenant, les tremblements intimes se succèdent et elle vibre tout entière comme une cloche sonnant l'urgence, sa respiration converge peu à peu vers le rythme qui régit la respiration du bébé et rien ne peut plus l'arracher à cet état, pas même les cris des enfants dans le couloir ou la voix traînante de quelqu'un qui a bu un coup de trop, le plaisir émergeant lui trotte tout le long du corps et, comme un Coca-Cola bien secoué, elle explose, d'abord par la bouche, avec un gémissement dont le fil ininterrompu emplit progressivement toute la chambre, et aussitôt ses cuisses reçoivent la moiteur d'une éclosion liquide, et tout en elle se contracte

puis se détend, plusieurs fois, jusqu'à ce qu'il ne reste sur le lit et sous le bébé qu'une lassitude contente. Si la vie avait une bande-son, pense-t-elle, ce serait en ce moment *Antony and the Johnsons*, le vibrato de la voix d'Antony parcourant en une déflagration contenue les nénuphars des notes de piano, dommage que Jorge n'aime pas Antony, ni même le piano, dommage que Jorge leur préfère un pastiche de rythmes africains en une cadence syncopée au micro-ondes, des chansons d'où la voix humaine s'enfuit faute d'y trouver une chaleur qu'elle puisse habiter de sa présence, une musique, si l'on peut dire, sans le moindre vestige de tragédie, des rythmes dessinés dans la cordillère monotone d'un clavier, à seule fin de satisfaire, et encore, en partie seulement, la soif d'agitation de glandes surrénales hypo-stimulées, mais ce n'est pas de la musique, ça, je me tue à le lui répéter, la musique c'est une histoire, une annonce de mort, d'amour ou de culpabilité à expier, un poème, peut-être, la musique, surtout la musique qu'un poème possède, ou d'un poème qui se laisse posséder par elle, c'est un extrait de vie où la vie n'a pas posé pied.
Joana s'efforce de ne pas s'endormir, comme le bébé qui, les yeux parfaitement clos, fait mine de s'éveiller seulement quand Joana tente de l'éloigner du sein, dont la fonction alimentaire se transforme aussitôt en un apaisement de tétine. Joana n'a aucun moyen de sortir de là sans provoquer une nouvelle irruption de pleurs, et elle n'est rien de plus qu'un

récipient où l'on vient laver sa faim et son ennui, et peut-être toutes les mères ne sont-elles pas plus que ça, dans tous les cas, pense-t-elle, des points d'attache pour la volonté de leurs enfants, qui leur grimpent sur le corps jusqu'à ce que des ailes leur poussent aux pieds et que, dans une soudaineté imprécise où apparaissent, concomitamment, les poils de barbe, les érections et le sperme, ils les considèrent désormais de haut, comme on contemple un paysage familier, peut-être le foyer où ils cherchent la nostalgie depuis le sommet du monde qu'ils habitent, et rien, pas même les signes que les mères cultivatrices creusent dans le sol, suivant les indications des pères architectes, qui dessinent à la lueur de la chandelle, des nuits durant, des *Stonehenges* et d'autres mystères, inventés par des esprits possédés par le gène de la transcendance, ayant désappris à regarder leurs chaussures ou par terre, rien, pas même ces signes ne les font descendre des voûtes étoilées d'où ils ne retombent, finalement, qu'au moment où ils se laissent prendre par l'ancre affective d'un amour qui leur rend tout leur poids, et, quand ils engendrent une descendance, ils finissent par perdre tout sens de l'orientation dès le seuil de leur foyer, et ils se mettent alors à dessiner des plans au dos des factures qui encombrent la boîte aux lettres, des choses magnifiques restant le plus souvent sur le papier, des symboles qui, comme ils en sont persuadés par ouï-dire, leur restitueront une masculinité dont ils ont perdu la trace, entre autres, dans la chute qu'ils n'ont su anticiper ni éviter.

Joana ?

La porte s'entrouvre et c'est une voix féminine qui ausculte la chambre,

Joana ? C'est toi ?

Soudain, la clarté envahit l'espace, la femme, en entrant, s'invite avec la lumière, elle touche l'interrupteur du bout des doigts et, en ajustant son regard à son champ de vision,

Joana, qu'est-ce que tu fais avec Martim ?

Sur ce, Joana se maintient immobile, sauf l'index qu'elle porte à sa bouche, silence, demande-t-elle d'un geste, le bébé a fini de manger, pense-t-elle, à présent nous avons trois ou quatre heures de tranquillité ininterrompue devant nous, et ça n'est pas peu, s'il se réveille, c'est la colère de fatigue assurée et jamais je ne parviendrai à le rendormir, il sautera une sieste, et moi une chance de me plonger dans cette marée humaine, je me sens comme s'ils étaient de l'eau pour qui ne s'est pas lavé depuis des semaines, assoiffée de conversation, de connaissances sur la différence de températures entre le quatrième et le septième étage, entre *Bobadela* et *Pirescoxe**.

Joana, donne-moi vite mon fils et explique-moi ce qui se passe, mais Joana, assise sur le lit, ne comprend pas ce qui se passe, ni ce qu'elle doit expliquer pour résoudre un différend dont elle ignore l'origine, elle

* équivalent de Saint-Maur-des-Fossés et Sucy-en-Brie.

ouvre péniblement les yeux comme quelqu'un qui s'est habitué à la pénombre et dévisage la femme qui se trouve en face d'elle, et celle-ci répond à son regard en y mêlant, en proportions indiscernables, de la surprise, de la peur et du dépit, et Joana ne comprend pas pourquoi elle est regardée de cette façon, comme un voleur qui aurait l'audace de cambrioler une maison habitée et qui serait surpris la main dans le sac, et ce n'est que progressivement qu'elle comprend le sens véhiculé par l'expression *mon fils,* puis aussitôt après celui de *donne-moi,* comme des pièces de monnaie s'additionnant peu à peu pour totaliser le prix d'un paquet de cigarettes ou d'une boisson fraîche, mais en l'occurrence les pièces tombent sans produire de contre-valeur, elles ne sont qu'un combustible pour le désordre, mais même sans comprendre ce que veut cette femme qui l'interpelle sèchement, Joana éprouve le besoin de se justifier, d'exprimer l'indicible, c'est-à-dire sa certitude vitale d'être la mère de l'enfant qu'elle allaite.

Excusez-moi, je ne crois pas vous connaître, dit Joana, et je ne vois pas ce que vous voulez de moi, vous devez vous tromper de chambre, cette chambre est celle de Francisco et lui c'est Francisco, elle sourit, désignant des yeux le bébé qui dort dans ses bras, enveloppé dans son sommeil de chrysalide, voyez dans la chambre à côté, le petit que vous cherchez doit y être, ces jours de fête, la maison se transforme en pouponnière, nos amis, à notre âge, se mettent

tous à avoir des enfants, et bien entendu ils les amènent avec eux, et aussi des amis qui ont également des bébés, cela doit être votre cas, d'où la confusion, mais dites-moi donc, avec qui êtes-vous venue ?
Joana, je ne sais pas ce qui se passe ni à quoi tu joues, mais donne-moi Martim et ensuite on en parle, car tu ne sembles pas aller bien et tu m'effraies, je devrais peut-être appeler Jorge, ou mon mari, le mieux serait sans doute de les appeler tous les deux, oh mon Dieu, on m'avait bien dit que parfois tu déraillais, et moi qui n'y avais pas vraiment prêté attention, Joana, donne-moi Martim, on en parle calmement ensuite, je veux faire tout ce que je peux pour t'aider, tu vas voir que tout s'arrangera, maintenant il y a plein de médicaments, d'aides et de thérapies, c'est pas comme avant, tu vas voir, mais donne-moi Martim, s'il te plaît.
Avec sa main gauche, Joana cherchait la fermeture de son soutien-gorge, laissant sa main droite libre pour soutenir le bébé en essayant de trouver une position qui lui permette de le tenir plus fermement, car la femme avançait peu à peu vers elle sans quitter le bébé des yeux, et Joana, de plus en plus nerveuse, les jambes engourdies par la position dans laquelle elle était assise, se rappelait plusieurs films où des choses semblables se produisaient, des hommes ou des femmes momentanément privés de raison dont les audaces faisaient honte au spectateur, et de toutes ces scènes, elle avait retiré, comme seule substantifique moelle, que le calme est notre meilleur allié, et d'une certaine

façon ça la rassurait, car Joana ne se souvenait pas des armes cachées ou des aides inattendues qui venaient au secours de ces gens, d'où le calme, d'où la foi en une issue positive.

Joana, dit la femme, presque timidement, pendant qu'elle avance pas à pas, donne-moi le gamin, donne-moi Martim, et elle pose sa main gauche tremblante sur sa bouche dès qu'elle a fini de parler, pendant que sa main droite sonde, telle un fil pénétrant dans l'artère fémorale pour parvenir, patiemment et sans à-coups, au cœur où loge un mal inconnu, c'est le toucher transmué en regard scrutant chaque centimètre qu'il reste à parcourir pour arriver à Joana, et celle-ci maintient, voire augmente, l'intervalle qui la sépare de la main suppliante en faisant de petits mouvements amblyopes à reculons, en contournant le lit en même temps qu'elle proteste : arrêtez, ne m'approchez pas, je ne comprends pas cette plaisanterie et elle ne me plaît pas, ça suffit, appelez votre mari, ou le mien, ou quelqu'un de lucide, car en ce qui me concerne, j'en ai assez, le gamin va finir par se réveiller et par prendre peur, vous ne voulez pas qu'il commence à brailler, vous ne voulez pas avoir la honte de votre vie, même si c'est une plaisanterie, une plaisanterie de mauvais goût, surtout si c'est une plaisanterie, car elle a cessé d'être drôle, reculez Madame, reculez avant qu'il se réveille, sortez de la chambre et nous pourrons peut-être éviter une situation désagréable pour tout le monde. La femme ne recule pas, la femme avance, avec une patience de glacier, la main droite en avant, comme si elle éclairait son chemin avec les phares de ses doigts et, se couvrant la bouche de la main gauche, dont les phalanges forment une coupole évoquant le sommet d'un volcan prêt à l'éruption, les yeux rivés sur l'enfant, le regard fixe et vide comme celui d'un poisson exhalant sa mort horizontale sur l'étal d'un poissonnier, la femme avance perchée sur des jambes immenses, comme des joncs de rivière qui menacent à tout moment de s'affaisser à cause du tremblement qui secoue tout son corps, et Joana recule, sans oser exprimer le moindre cri, le bébé de plus en plus chevillé à son corps, la main gauche tâtonnant sur le matelas, comment va-t-elle expliquer à ses invités, pense Joana, qu'une femme surgisse comme ça chez elle, confondant les chambres et les maternités, parce que la vérité peut parfois, comme l'amour, être nécessaire mais non suffisante, mais ça arrive dans les meilleures familles de São Domingues de Rana, où se déroule une fête privée et où les personnes vaquaient à travers l'appartement, un spacieux rez-de-chaussée, avec deux amples vérandas, où s'agglutinaient les convives qui échangeaient, dans l'ouverture des portes coulissantes, des pronostics sur le prochain Benfica-Sporting et des briquets, et les meilleures réputations peuvent être tachées soudainement par la défiance, par la diplomatie équivoque, et pour laver l'affront il faut, au-delà des nombreuses explications, aussi dispensables qu'insuffisantes, une confiance venant des autres et de soi-même, née d'expériences communes, plus heureuses que malheureuses, une confiance que Joana ne trouve malencontreusement, ni dans son caractère, ni parmi les gravats entassés dans le ravin de son passé.

Trois hommes croisent la porte, promenant des bières au bout de leurs pinces, et l'un jette par hasard un œil dans la chambre où se déroule secrètement cette joute salomonique, calfeutrée dans un silence parrainé par les quatre murs, et l'homme, faute de rien relever à première vue de vraiment digne d'arrêter ses pas, passe son chemin, flanqué des deux autres, et tous trois rient à cause d'une blague ou à cause des jambes dyslexiques de quelqu'un qui n'a pas l'expérience de boire, mais l'image de ces deux femmes ne sort pas de la tête de l'homme, soit parce qu'il les connaît toutes deux, soit parce qu'il y a quelque chose dans la scène qu'il vient de voir qui l'intrigue, une sorte d'arythmie de la réalité, et il ne peut s'empêcher de revenir sur ses pas, comme si ses talons rembobinaient sa vie, tout seul d'abord, mais bientôt rejoint par ses comparses, qui entreprennent de récupérer sa présence dès qu'ils s'aperçoivent qu'il leur en manque un pour être trois, nombre créé par dieu quand il a décidé de compliquer le monde, la métaphysique et le principe d'identité, et tous trois s'arrêtent à la porte en silence.

Tournée vers la porte, Joana reconnaît son mari, d'abord, puis un ami à lui à ses côtés avec une troisième personne dont elle ne remet pas le visage, et elle s'empresse de faire un signe des sourcils, avec une expression du regard qui marche à quatre pattes dans la chambre dans l'espoir de se réfugier entre les bras d'un adulte, sans oser rompre le silence, de peur que la femme ne commette quelque folie qu'on ne pourrait pas empêcher à temps, car il n'y a qu'un mètre et demi entre elles deux, alors que la cavalerie masculine qui se tient dans le chambranle de la porte est à plus de trois mètres de la menace, or sur ces questions de probabilités, Joana a toujours préféré la prudence au calcul et, dans la présente affaire, où sont en jeu, non seulement sa vie et sa sûreté à elle, mais surtout celles de son fils, qu'elle protège par la coquille de ses bras, Joana n'hésite pas à choisir la stratégie prudente, espérant, par une sémiotique de gestes qui dans l'urgence trouveraient un sens commun, conduire les hommes, ou du moins son mari hameçonné par son regard, vers l'intérieur de la chambre, où ils deviendraient les agents de neutralisation de la femme, qu'elle maintient toujours à distance, tant qu'elle n'en est pas empêchée par le mur qui finira par rendre la confrontation inévitable.

Comme les yeux parlent plus que la bouche, même si celle-ci parle toujours plus fort, la femme, avertie par la déviation subite du regard de Joana, se tourne vers les hommes, qui sont toujours à la porte, chacun pourvu de son expression spontanée d'étonnement, et elle laisse retomber son bras le long de son corps, abandonnant l'arsenal de poses prédatrices qu'elle déployait en approchant Joana, et quand elle aperçoit son mari parmi les trois hommes dont les bouches ne laissent pas échapper le moindre son, même inarticulé, elle n'essaie pas de retenir ses larmes, qui accompagnent le texte dont elle se débarrasse dans une urgence de confessionnal.

Fernando, tu ne vas pas me croire, cette Joana ne tourne vraiment pas rond, moi qui ne faisait pas attention quand on m'en disait pis que pendre aux anniversaires des gamins, finalement c'est vrai, elle ne tourne pas rond et n'a vraiment aucune limite, jusqu'au jour où il arrivera un malheur, et c'est peut-être aujourd'hui, mon Dieu, fais qu'elle nous rende Martim, après quoi que son mari l'emmène ou que le diable l'emporte, je m'en fiche, moi, tu comprends, ça n'est plus mon problème.

Pendant qu'elle accélère la cadence, ponctuée de sanglots avec force larmes, qui sont au discours oral ce que les caractères gras sont au discours écrit, soulignant la frustration, l'impuissance, voire une surprenante inclination au mal, le mari de Joana, reprenant son souffle, tente de balbutier quelques mots, dans une viduité comateuse, quelque chose qui commence, inévitablement, par Joana, mais qu'il ne parvient pas à achever à propos et, dans le chambranle de la porte, les trois hommes, que l'urgence du communiqué a mis au garde-à-vous, même s'il leur est parvenu étouffé par sa conversion en chuchotement, retiennent leurs bières par le cou, les faisant ressembler à des fantômes de lapins morts tombant de leurs doigts, et ils s'accrochent à l'impression d'avoir les pieds posés sur le sol, car la réalité, cette garce à l'humour douteux, fragile comme une fiole, cabriole dans la chambre en faisant trembler les fondations de ce qu'on appelle vulgairement le monde, qui n'est rien d'autre que la version commerciale, bon marché, éviscérée, dépourvue de rigueur, de quelque chose de bien plus lourd et inesthétique, dont on ne voit que la silhouette en contre-plongée quand elle s'apprête à nous écraser dans un *remake* de *godzilla*, et la chambre tout entière n'est plus qu'un bateau secoué par les lames de la surprise, mais ces gens de la Terre du Milieu, habitant un deux-pièces à *Benfica** ou un pavillon dans le *Bairro dos telefones***, ne sont pas préparés pour naviguer en haute mer existentielle, là où tout ce qui existe se dépouille dans l'absence de terre ferme.

Joana, reprend son mari, qu'est-ce que tu fais avec ce gamin dans les bras, qu'est-ce qui se passe ?

C'est Francisco, balbutie timidement Joana, notre fils, comment peux-tu ne pas le reconnaître, il a les vêtements que ta mère lui a offerts il y a un mois et demi, et Joana soulève le bébé pour que son père le voie, pour que tous attestent de la véracité de ses dires, elle le montre comme on produirait une preuve, les bras tremblants, attendant qu'une bouche pro-

* Boulogne.

** Villeneuve-Saint-Georges.

nonce un verdict qui mette fin au malentendu et, pendant que Joana se soumet à l'appréciation du jury, elle sent que la tache liquide qui, il y a peu, correspondait à l'apogée d'un plaisir ponctuel, s'étend à présent sur le tissu de son pantalon, comme une vague naissant d'une contraction du ventre de l'océan Indien et qui s'élève jusqu'à ressembler à un immeuble de sept étages sans fenêtres, engloutissant sur son passage bateaux, maisons, gens et quelques animaux moribonds ou mutilés par la main de l'homme, pour déverser le produit de son butin dans l'océan infini qui régurgite tout ce qui ne lui plaît pas sur une plage du Mozambique, où accourent des enfants pour fouiller les décombres, affamés de trésors.

Que dis-tu, Joana ma chérie, répond son mari, quel Francisco? Joana, nous n'avons pas d'enfants, souviens-toi, mon amour. Il n'y a pas de Francisco, ce gamin c'est leur fils, regarde-les, nous sommes en train de leur faire peur, ma chérie, donne-leur le gamin et on rentre à la maison parler de tout ça, tu es fatiguée, elle est fatiguée, elle a beaucoup travaillé dernièrement et n'a pas beaucoup dormi, explique-t-il en regardant l'assistance, qui suit la conversation en mode match de tennis, donne-leur le gamin et on s'en va, je vais m'occuper de toi, tu es fatiguée, tu as besoin de sommeil, je vais m'occuper de toi, viens s'il te plaît, viens, et pendant qu'il parle il entre dans la chambre, abandonnant le confort du spectateur pour prendre place sur scène, forcé par l'amour ou par la honte, jamais il n'aura le courage de dire lequel des deux sentiments le pousse à secourir sa Joana, de plus en plus effrayée, cernée entre le mur et l'inconfort d'une vérité impartageable, tremblant comme un crayon de sismographe, Joana voit la force de ses bras défaillir en même temps que se ratatine le muscle de sa certitude et, appuyant son dos au mur, elle se met à sangloter, dévisageant le bébé qui lui est tombé dans les bras, en une vendange de natalité, le petit Francisco qui se transforme, même pour elle, en un Martim inconnu, un Martim bien plus lourd que Francisco, beaucoup plus difficile à contenir dans le couffin de ses bras, et Joana veut avertir qu'elle est sur le point de perdre le gamin au bénéfice de la gravité, mais elle ne parvient pas à parler parce que sa voix se heurte à un mur de larmes puis rebondit en arrière, Joana tente de gagner du temps accrochant chacun des bras de Martim avec sa main opposée, mais c'est en vain, le petit plomb lui glisse entre les bras avec une force proportionnelle à sa masse et inversement proportionnelle au carré de la distance qui le sépare de la terre, cette mère informe qui réclame tout dans une étreinte universelle, et Joana laisse tomber le gamin, on n'entend aucun cri, contrairement à ce qu'on aurait attendu (dans les couloirs de la neurologie on dit qu'une personne normale met deux-cents millisecondes à réagir, or il ne s'est sans doute pas écoulé autant de temps, ou alors le silence étouffé est peut-être une réaction), le bébé tombe lourdement et Joana s'aperçoit que ses jambes, qu'elle sentait de plus en plus mouillées, sont en réalité couvertes de sang, et elle ne peut réprimer un cri.

✶

Joana se réveille en criant, c'est tout ce qu'elle parvient à transporter de son rêve. Elle se dresse jusqu'à se trouver assise dans le lit, découvrant une grande partie du corps de Jorge, qui continue à dormir, comme s'il n'était pas il y a un instant en train de s'efforcer de la convaincre de ce que sa maternité était aussi immatérielle que le rêve dans lequel plongent ses racines, Jorge a le sommeil lourd, pense Joana, encore heureux, répète-t-elle pour elle-même, autrement il se serait réveillé avec ce lest d'hystérie que je porte en moi, comme un vent de froid s'engouffrant dans la maison, il est fatigué dernièrement, il travaille tellement d'heures par jour, il ne mérite pas que je l'inquiète avec un rêve fantaisiste de femme enceinte, car ce n'est rien de plus, le bébé a dû trouver une voie pour faire grimper sa présence jusqu'à l'intérieur de mon inconscient, qui a fini par le digérer de cette façon, engourdie et par saccades, c'est ainsi que je me suis retrouvée dans une petite maison à São Domingos de Rana, moi qui n'y suis jamais allée, qui ne sais même pas si c'est sur la rive nord ou sur la rive sud du Tage, en train de m'occuper d'un enfant qui n'est pas à moi et de faire dans l'obscurité des choses propres à l'obscurité, mais qui me font honte car elles ne sont pas dignes de moi, et je n'ai aucun doute qu'il y a en moi une part aussi noire que mon rêve, que je ne connais pas personnellement, mais qui s'amuse à être moi dès que je tourne le dos à la lucidité et renonce à la conscience.

Assise dans le lit, Joana détend ses doigts agrippés aux draps, comme si les draps étaient le sol et comme si le sol était le substrat minimum de la réalité, puis elle ajuste la couverture pour couvrir à nouveau le corps de Jorge, car il fait froid, pense-t-elle, c'est un triste mois de décembre, qui avale quelques grains de plus dans le sablier du temps qu'il nous reste. Décembre est le mois que Joana aime le moins, à cause de Noël, c'est à Noël qu'elle a perdu ses parents dans un zigzag de l'ancienne route qui relie Lisbonne à l'Algarve et, pendant que Joana réclamait le sempiternel bas de laine qui, un jour, servira de vignette à l'entrée « cadeau » dans n'importe quel dictionnaire illustré, les parents, embouteillés dans un troupeau de camions, serpentaient entre les voies, talonnant un moment dont ils ne devaient jamais éprouver la présence. Décembre est mauvais et froid, en lui rien ne pousse hormis la douleur qui se répète en éruptions de rhumatisme, Janvier est long et pluvieux de factures et d'échéances économiques, les transports, la TVA, l'essence, le prix du café, de la pharmacie, de l'assurance de la voiture, scrupuleusement réglée le jour même du terme grâce à l'avance matinale sur la prime de vacances, en

Février c'est l'anniversaire de Jorge et c'est également ce jour-là que nous fêtons l'annonce de la fin de l'hibernation forcée, c'est le jour où la marmotte sort de son terrier et, comme dans *Bambi 2*, ne voyant pas son ombre, annonce l'arrivée du Printemps, des beaux jours, de la charnière qui opère la transformation du calendrier permettant à la légèreté d'être de nouveau présente dans les choses, alors nous osons ébaucher un sourire non contaminé par la peur, et Mars est le mois le plus doux, c'est en Mars que naît mon fils, dont la venue au monde présage l'éclosion, universelle et heureuse, d'une épidémie d'amandiers en fleurs.
Comme toujours, en s'éveillant après un rêve, quel qu'il soit, la première chose qui vient frapper à la porte de notre conscience intentionnelle, ce sont les pensées, auxquelles succède aussitôt, dès que le tourment des images s'estompe, le corps dans son processus de récupération ; et c'est dans son corps que Joana commence à rentrer, doucement, se glissant à l'intérieur d'elle-même comme on revêt un pyjama, prenant possession des régions de son corps laissées à l'abandon de son absence, chacune revendiquée avec le naturel d'une invasion pacifique, le maître est revenu, dirait-on à chaque poste frontière, si le corps pouvait être la métaphore d'un champ de bataille médiéval, et la première tonalité qu'elle perçoit, une fois qu'elle se sent complètement habitée par elle-même, c'est le froid, car elle est découverte au-dessus de la ceinture, exposée à l'humidité nocturne et

inclémente de décembre qui fait cailler la respiration diaphane en grosses gouttes d'eau éthérée, et la seconde information qu'elle perçoit, au cours du processus de dédouanement de son corps, c'est celle d'un espace mouillé, sous ses cuisses et dans la partie du matelas occupée par ses cuisses, et Joana, encore partiellement peuplée par son rêve, tremble en pensant qu'elle a peut-être apporté de l'autre rive du sommeil un peu plus que l'immatérialité d'un cri.
Peu à peu, craintivement, Joana écarte les draps pour découvrir, un peu rassurée, que ce n'est pas du sang qui occupe l'espace correspondant à l'emplacement d'une mare unipersonnelle, mais, bien plutôt, un liquide transparent, de l'eau pourrait-on dire, sauf que l'eau n'a pas cette odeur, pense Joana en même temps qu'elle soumet du bout des doigts l'eau à la critique de son nez, et une chose se produit dans sa mémoire olfactive, une identification imprécise, Joana se rappelle avoir connu cette odeur, sans savoir pour autant préciser son identité, c'est un arôme aigre-doux, un arôme qui renvoie à l'espace intime des draps et à une absence de lumière étudiée, et Joana non seulement a déjà senti cette odeur, mais elle a déjà goûté la substance dont elle émane, elle en est sûre et quand finalement elle s'aperçoit, avec un irrépressible ricanement de surprise, que c'est une odeur de sperme qui occupe son lit, elle sourit, seule dans la pénombre, réfléchissant au cadre logique qu'elle peut donner à sa récente découverte, alors sa mémoire lui fait l'au-

mône d'une réminiscence, pendant une consultation, l'obstétricienne, du haut de ses soixante-dix ans, avait décrit la perte des eaux comme un événement comparable, sur le plan olfactif, à une giclée de sperme – devant un sursaut de pudeur inattendu de Jorge – et Joana comprend tout à coup que, dans son sommeil, dans son rêve, la poche s'est rompue et a libéré les eaux.

Jorge, reprend Joana (la voix), Jorge, et pendant qu'elle lui chuchote son nom à l'oreille, elle le secoue, Jorge, réveille-toi, et Joana commence à le découvrir, essayant de le réveiller par tous les moyens possibles, Jorge, dit-elle plus fort, réveille-toi, Jorge, j'ai perdu les eaux, il faut aller à la maternité, mais ce satané Jorge, fatigué comme il est, fait tout ce qu'il peut pour ne pas être obligé de quitter le cocon du sommeil et il s'accroche à la chaleur de la couverture, serrant les paupières dans un effort pour ne pas laisser passer à travers le rideau de sa conscience le demi-jour qui suffit normalement pour le faire revenir à la surface, sur le coup de six heures du matin, déboussolé, tâtonnant à travers la chambre pour rechercher les vêtements qu'il a semés au hasard la nuit précédente, avant de sortir pour prendre les rênes du camion frigorifique qui l'attend sur le parking encombré de voitures.

Jorge, persiste Joana, pendant qu'elle cherche avec ses doigts l'interrupteur de la lampe de chevet, Jorge, mon amour, réveille-toi, il faut qu'on aille à la maternité, l'enfant veut naître, Jorge, et au moment où elle dit *naître*, elle sent son ventre se cabrer comme s'il était effleuré par des électrodes faisant passer du courant, en un spasme qui dure moins de trente secondes mais qui l'avertit de la possibilité qu'elle subisse ses premières contractions, et Joana commence à s'énerver, ce n'est pas ce qu'elle avait planifié, pense-t-elle, je ne suis qu'au septième mois, il fait nuit, ma seule chance, vraiment, c'est d'avoir eu la prévoyance de tout préparer, même les vêtements pour grand prématuré, ce que tout le monde avait trouvé à l'époque un caprice de névropathe obsédée par l'imprévisibilité de l'univers, et Joana reprend, sans la tendresse d'il y a quelques instants, Jorge, réveille-toi, lève-toi, il faut qu'on aille à la maternité, réveille-toi Jorge, Joana crie déjà, pendant que son mari, de plus en plus inconfortable, continue à se fermer au monde en faisant imploser délibérément tous les interstices par lesquels le monde tente de se mêler de ce qui ne le regarde pas, mais Joana ne renonce pas et elle finit par réussir à obliger Jorge à écarter le rideau de son œil où il reçoit la version prématinale d'une Joana inquiète, qui le dévisage dans une urgence que lui, sorti ainsi de son sommeil, ne parvient vraiment pas à comprendre.

Jorge, reprend Joana, debout mon chéri, habille-toi et aide-moi à me préparer, car j'ai perdu les eaux, Francisco veut naître, il faut qu'on aille à la maternité, promets-moi que tu rouleras doucement, tu sais bien que statistiquement quatre-vingt-dix pour cent des gens se précipitent lors du voyage vers la maternité,

et que parmi ces quatre-vingt-dix pour cent environ douze pour cent, comme je te l'ai expliqué déjà, finissent par avoir des accidents aussi inutiles qu'improductifs, tu t'en souviens, Jorge, que nous avons regardé cela ensemble à la télévision ? Debout, mon amour, lève-toi et viens m'aider, nous avons tout le temps si nous faisons les choses comme il faut, ton fils est pressé, il veut faire notre connaissance.
Finalement réveillé, Jorge sourit à Joana et lui tend les lèvres pour lui dire bonjour, à quoi elle répond par un sourire entendu, puis ils se lèvent tous les deux, elle plus lentement, avec plus de peine, et lui a la présence d'esprit de chercher dans la chambre les valises que Joana a préparées il y a plusieurs mois déjà – pratiquement dès qu'elle a su qu'elle était enceinte – c'est tout Joana, pense Jorge, une créature dont l'habitat naturel est un *outlook* saturé d'engagements et de pense-bêtes, déclinés en dizaines de catégories colorées, correspondant à autant de secteurs, de régions balkanisées de la vie de Joana, qu'elle gère avec la minutie d'un diamantaire, on ne la changera pas, et d'ailleurs pourquoi la changer, mais pour lui, habitué à avoir entre les mains un volant, et non la mosaïque d'un clavier, c'est un phénomène aussi mystérieux que l'arc-en-ciel produit par une chute d'eau d'un barrage lointain.

Tu crois que le moment approche, demande Jorge, pendant qu'il soulève deux lourdes valises qu'il dépose à la porte, tout en regardant Joana qui, apparemment, se prépare à prendre un bain, mais il congédie sa question avec une moue d'ignorance puis, le futur père inaugural, forcément un peu inquiet, ne peut s'empêcher de poser plusieurs questions additionnelles, et pendant que Joana règle à son goût la température de l'eau, Jorge reprend son interrogatoire : tu vas prendre un bain Joana, tu es sûre que nous avons le temps, du calme, tempère Joana, du calme, et elle lui rappelle qu'il est hors de question qu'elle demande à être admise à l'hôpital en puant le sperme, comme une vulgaire banlieusarde, car à la fin, être pauvre ou assisté n'est certainement pas une excuse valable pour des comportements qui traduisent surtout un manque d'éducation, denrée qu'on a vraisemblablement donnée à ces gens durant leur enfance avec la même parcimonie que le bon sens, et elle se dirige vers la baignoire sous le regard ravi de Jorge, qui n'oublie jamais de flatter la généreuse rondeur de ses formes ou la façon qu'a son ventre de s'arrondir sous ses seins, comme s'il se développait pour les soutenir à mesure qu'ils grandissent en un généreux élan primordial dans une nouvelle direction.

En attendant que Joana finisse de prendre son bain, Jorge s'habille, s'efforçant de ne pas trop faire jurer les couleurs de son pantalon avec celles de son pull, une habitude qui trouve son origine à l'époque où sa mère, encore vivante, se pomponnait soigneusement avant d'aller chez le médecin, allant jusqu'à acheter une nouvelle culotte pour l'occasion, qu'elle lavait la veille, même pour aller voir le médecin de garde, qui évidemment ne l'examinerait pas, n'aurait même pas l'idée de l'examiner, et comme tous les acquis de l'enfance, sournoisement installé avec un terrible naturel, cette habitude longuement critiquée du vivant de sa mère, parce qu'elle était considérée par l'esprit marxisant de Jorge comme une forme prérévolutionnaire de soumission, a fini par lui être léguée, faute de meilleur héritage, de sorte que Jorge s'était inconsciemment converti à la tyrannie de l'élégance vestimentaire qui s'exerçait chaque fois qu'il devait se rendre à une consultation de routine, ou même en cas d'urgence.

Au fait Joana, lance Jorge vers la salle de bains, maintenant que j'y pense, la naissance du bébé n'était pas plutôt prévue pour fin février ou début mars ?

Si, répond Joana, sans sembler attacher d'importance à l'inquiétude qui vient de s'exprimer.

Mais alors, tu trouves ça normal ? Qu'est-ce que ça peut bien vouloir dire ?

Ça veut dire que c'est un prématuré, Jorge, mais un bébé de trente et une semaines est déjà parfaitement viable, les statistiques révèlent un taux de survie de quatre-vingt-douze pour cent à partir de la vingt-huitième semaine, et puis il ne pouvait tout de même pas rester ici indéfiniment, n'est-ce pas, et pendant qu'elle parle, Joana sèche son corps avec une serviette-éponge, et quiconque a eu la chance de vivre dans l'intimité de la femme dont nous parlons sait que ses mains sont un événement méritant à elles seules un théâtre, l'assurance avec laquelle elles trouvent les endroits où sont les choses est si grande qu'elles se meuvent sans que les yeux aient à les tirer par la bride, empoignant une brosse à l'intérieur du premier tiroir de droite, au-dessus d'une palette de maquillage, pour tout de suite après trouver le séchoir à cheveux à soixante centimètres du tronc de Joana, formant un angle de trente degrés – par rapport au méridien imaginaire qui divise le corps de Joana en deux moitiés symétriques – et toute cette chorégraphie, qui suppose une confiance illimitée dans l'espace, s'accomplit pendant que Joana, sans effort apparent, cherche dans son miroir, le moyen d'obtenir le meilleur reflet d'elle-même.

En attendant, Jorge déambule dans l'appartement, il donne à manger au chat, il ouvre la porte du cagibi et, aussitôt, il s'étonne une nouvelle fois de la quantité de camelote entassée au hasard, comme si la dépense n'était pas une pièce de la même maison, ordonnée comme un espace cartésien, mais une autre maison à elle toute seule, une sorte de chantier pour le bazar recueilli par Joana en revenant de ses rendez-vous, un berceau trouvé près de quelque poubelle de tri, éclopé et usé par le soleil, plusieurs poupées auxquelles manquent tantôt un œil, tantôt un bras ou une jambe et presque toujours des vêtements, qu'elle passe des après-midi à raccommoder afin qu'elles reluisent de nouveaux sourires d'humbles orphelins adoptés, des tricycles estropiés qui grincent plus qu'ils ne roulent, des paires de bottes de couleurs diverses, défraîchies par l'usage et criblées de trous, toute une collection de tétines qu'elle fauche aux enfants de ses amies, des biberons, des boîtes de lait en poudre empilées contre un mur comme pour faire cible dans une foire, des petits pots qu'on lui donne chaque fois qu'elle va à la protection maternelle et infantile à Campolide, parler de l'enfant qu'elle n'a pas encore mais qu'elle attend et des épreuves qu'elle a traversées pour l'avoir, à une psychologue stagiaire qui lui met entre les mains, au prétexte qu'elle va en avoir besoin, n'importe quoi pour la faire partir le plus vite possible et retourner sur Facebook bêcher une ferme imaginaire, un grand sac à vomi noir avec son entonnoir, des chaussures de bébé et, dans les étagères, des thermomètres, des tétines, des chauffe-rettes, des refroidisseurs, des déshumidificateurs de toute sorte, des appareils pour entendre les pleurs du bébé à distance, pour le voir à distance, des objets encore neufs tout emballés en attente qu'on ait besoin de s'en servir, des ustensiles encore inemployés au milieu de vieilleries, de déchets, de babioles, tout un espace chaotique au sujet duquel Jorge n'ose pas réclamer l'ordre qui règne dans le reste de la maison, parce qu'il conçoit que quelqu'un comme Joana, d'un naturel organisé jusqu'à la minutie, a besoin d'un espace où les choses peuvent gésir dans un sous-monde imperméable aux règles.

Quand ils ont acheté l'appartement, il y a huit ans déjà, songe Jorge, la première pièce meublée par Joana a été la chambre de l'enfant qu'ils voulaient avoir et, comme elle ne connaissait pas son sexe, elle a choisi le blanc neutre, qui confère à l'espace – et à son locataire attendu – un halo séraphique non négligeable. Au cours de ces huit années, la chambre a été nettoyée tous les jours, comme si elle était occupée par un nouveau-né allergique, elle a été réaménagée quatre fois, la peinture a été refaite chaque année, il y a un an et demi, ils ont remplacé la moquette par un moderne parquet flottant, beaucoup plus facile à nettoyer et hypoallergénique, depuis plusieurs mois, Joana tente de convaincre Jorge d'installer un faux plafond, avec des lampes halogènes *led*, plus compatibles avec le spectre de lumière naturelle dont le bébé a besoin, apparemment, pour ne pas tomber dans une forme suédoise de dépression.

Jorge, entend-on depuis le couloir, réveille-toi, mon amour, si tu veux bien, et viens m'aider à charger ces choses dans la voiture, car même sans précipitation, je ne tiens pas à prendre plus de temps qu'il n'en faut.

Jorge prend les valises, les éloignant de la volontaire Joana, qui se préparait à porter celle du bébé, et il ouvre la porte pour qu'ils sortent tous les deux, ils descendent l'escalier, où fleurissent çà et là des vases décrépits qui vomissent comme ils peuvent la végétation permise par le manque d'eau et de photosynthèse, Jorge précède Joana afin de pouvoir amortir sa chute si jamais elle trébuchait, et quand ils parviennent à la porte de l'immeuble, en l'ouvrant, le froid de la nuit les accueille, les étoiles flétries par l'asthme des voitures, le sol dénivelé qu'ils n'ont jamais réussi à faire réparer malgré les délibérations de l'assemblée de copropriété et les déplacements au service d'urbanisme de la mairie, où ils ont presque toujours été reçus par un ingénieur dont le corps était âgé de quarante et quelques années et la tête de la veille du jour de son départ en retraite, très sympathique, très simple, qu'ils n'appelaient jamais Monsieur l'Ingénieur ou d'un autre titre ronflant, mais toujours Manuel João, ils l'appelaient Manuel João même dans les *mails* formels, pourtant propices à la révérence, et le bon Manuel João, sympathique *ad nauseam,* faisait la même tête chaque fois qu'il se voyait contraint de répondre à une question que les circonlocutions de sa grande gentillesse ne parvenaient pas à esquiver, baissant les yeux et attirant à soi la coulpe de l'univers tout entier, en une pause étudiée comme un rite tantrique, il disait, accablé : si cela ne tenait qu'à moi, ce serait fait dès demain et, normalement, les réunions se terminaient ainsi parce qu'en effet, si le service a une fonction, ce n'est pas celle de créer, de détruire ou de maintenir des espaces publics, mais bien celle de rendre heureux et inefficaces les personnes qui y travaillent.

En entrant dans la voiture, Jorge est obligé de débarrasser le bric-à-brac qui encombre le siège avant, les factures d'électricité ouvertes par acquit de conscience, ou bien les anémiques extraits du compte commun qu'ils ont à la banque, du papier de chocolat et une douzaine de pinces-à-linge, ramassées les jours où il sort très tôt le matin et qu'il trouve éparpillées sur le trottoir, et Joana s'assoit, lentement, parce que les contractions commencent à être accompagnées d'une douleur qui, à première vue, ressemble à une colique provoquée par de la nourriture chinoise trop chargée de glutamate, et pendant qu'elle se courbe pour entrer dans la voiture, Joana pense qu'elle doit commencer dès maintenant à mesurer le temps intermédiaire entre les contractions, parce que c'est dans cet intervalle que réside le *jackpot* de la prescience de l'accouchement, et pendant qu'elle cherche sur son portable la fonction chronomètres multiples, elle en profite pour répéter que Jorge doit brancher le GPS, l'adresse de la maternité est enregistrée dans l'onglet « maison », l'itinéraire est tout tracé, prêt à être suivi depuis le moment où Joana a fait cadeau de ce GPS à Jorge, à l'occasion d'un anniversaire quelconque.
Dans la voiture – une Nissan blanche d'une vingtaine d'années acquise au fils d'un vieillard qui l'avait beaucoup choyée, lui donnant de l'huile de qualité et un garage bien à l'abri de la fiente de pigeon, jusqu'à ce qu'une thrombose cloue le vieux sur un fauteuil roulant avec une diète semi-liquide – Jorge suit, inti-

mement contrarié, les directives de la ménestrelle informatique dont la voix monocorde débite des coordonnées géographiques qui rassurent Joana, enfoncée dans son siège qu'elle rehausse légèrement à cause de son dos et de son ventre, pendant qu'elle respire comme elle a vu faire dans une vidéo sur Youtube où tout paraît aussi facile que de couper un œuf dur par le milieu, et si on nous arrêtait maintenant, pense Joana, rien que parce que nous roulons à une heure indue, un contrôle aléatoire, qui pourrait croire que je porte en moi un Francisco saturé d'hydrogymnastique et d'alimentation endoveineuse, déjà pressé de sortir à sept mois, sans me laisser le temps de voir mon ventre s'arrondir au point de ne plus pouvoir le tenir dans mes mains et de ne plus trouver de position pour dormir ou pour faire l'amour, ce pourrait être le moment d'essayer le sexe anal, comme Jorge le voit dans des films où les femmes, apparemment, aiment tout faire au lit, et je n'ai même pas eu le temps d'essayer les caisses pour femmes enceinte au supermarché, ni le siège dans le bus où les gens me pousseraient avec une délicatesse rare, je n'ai pas pris de photographies où l'on verrait un ventre énorme, comme une montagne sur laquelle j'apparaîtrais comme une excroissance, je ne me suis pas promenée en éveillant l'envie ou la nostalgie des autres femmes et, tout en restant concentrée sur sa respiration, Joana ne parvient pas à éviter l'éclosion de quelques larmes, par lesquelles elle fait son deuil d'un temps qui n'existe que dans la mémoire et dans le désir et, au fond, elle se sent bête de mélanger ainsi la naissance et la mort, même si ce n'est que la mort du possible, mais les choses ne sont pas moins douloureuses parce qu'elles n'ont pas lieu et, parfois, c'est l'inverse qui se produit, pense-t-elle, et elle s'agrippe à chaque pensée comme à des lianes auxquelles elle serait suspendue au-dessus de l'abîme, puis lorsqu'elle a fini d'éprouver de la honte, du chagrin et de la joie, elle se caresse le ventre en souriant et elle admet pour elle-même une pensée qu'elle n'avouera jamais, ni même à Jorge sur l'oreiller, on ne peut pas tout prévoir, songe-t-elle, on ne peut pas tout prévoir, et elle sourit.

Jorge conduit avec précaution, se réprimandant en silence chaque fois qu'il roule sur un des nombreux nids-de-poule qui se forment, çà et là, à Lisbonne et qui finiront, à force, par engloutir la ville, il ne peut s'empêcher de se mordre la lèvre à la recherche d'une tranquillité qui lui échappe des mains, transpirantes et inquiètes, posées sur le volant macéré par le soleil, pendant que, dans ses plus beaux vêtements de rendez-vous médical, il souffre tout entier du syndrome de celui qui ne sait pas trop, c'est Joana qui a compté les semaines, c'est Joana qui a acheté le nécessaire, c'est Joana qui a étudié tout le processus, lui, Jorge, n'a qu'à se laisser aller, qu'à se reposer sur l'assurance de sa femme, qu'à oublier l'irritation intérieure du doute, mon dieu, pense-t-il, comme il doit être petit, si ça se trouve, il n'est pas plus grand qu'un téléphone portable ou qu'un hamster, c'est évident qu'il sera mis en couveuse, ma cousine, poursuit-il, a eu un enfant à sept mois, très atrophié et très laid, qui a grandi sans que cela change grand-chose pour trouver femme et emploi avec une relative facilité, et si Joana assure que tout va bien se passer c'est parce que c'est vrai, même si Dieu doit ajuster ses projets à notre égard afin de les faire coïncider avec ceux que Joana a déjà tracés.

Ça va Joana ? Tu veux que je mette plus de chauffage ? Mais Joana ne répond pas, elle se contente de laisser le silence être le porte-parole d'une préoccupation plus pressante que la température à l'intérieur de la voiture, car le chronomètre de sa montre indique 12 minutes et l'on ne voit pas l'ombre d'une contraction, le bébé est dans sa trente et unième semaine, même s'il est très probable qu'il survivra, il pourra plus tard exhiber les piètres médailles de son arrivée précipitée dans ce monde, soit parce qu'il sera plus petit, plus léger ou plus bête que les autres, soit parce qu'il tombera plus souvent malade, sa vie étant réduite à un intermède entre certificats médicaux, tout ça parce que j'ai dû me planter quelque part dans l'introduction des suppléments ou dans le contrôle de la tension artérielle, en fin de compte ça a tout de même été une grossesse complexe, en dépit de toute l'aide que nous avons reçue de la thérapie, la conception de ce gamin a été difficile, nous avons consommé des dizaines de tests de grossesse, au point de me faire perdre toute confiance dans les tests, dans mon propre corps et jusque dans l'idée même de grossesse (la nuit, avant de s'endormir, on a des pensées très bizarres) et maintenant nous sommes dans la dernière ligne droite

j'ai toujours dit à Jorge que je voulais avoir des enfants, je lui ai toujours bien fait comprendre que, pour moi, la vie n'avait de sens qu'à trois ou plus, que jamais je ne vieillirais dans un appartement miné par la solitude avec un chat en manière de substitution oblique de la conception d'un enfant bien à nous, je ne lui ai jamais menti et il a accepté ce plan que nous avons dès lors déclaré nôtre

et on ne sait pas comment on a pu tout foutre en l'air, comment j'ai irrémédiablement tout foutu en l'air, j'aurais dû faire plus attention à la nourriture, ou aux heures des repas, aux examens, à l'amniocentèse qu'on ne m'a jamais prescrite et que je n'ai pas voulu faire à cause du risque de fausse couche, aux petits détails que je ne parviens pas à mémoriser ou à faire tenir dans un agenda découpé en tranches de cinq minutes, si ça se trouve c'est dans les secondes que je me suis plantée, moi qui tout au long de ma grossesse aie exhibé à tous le plus grave péché, après la contrariété, la superbe intellectuelle d'avoir tout quadrillé au millimètre, ne prêtant pas attention aux vétilles qui, peu à peu, ont formé un tas de détritus dans lequel mon ego s'est pris les pieds, me laissant seule amortir la chute en m'écorchant les coudes pendant qu'il se réfugie, lui, dans une fente du cortex préfrontal, quelque part entre l'algèbre que je n'ai jamais étudiée jusqu'au bout et une recette de caramels (que je n'ai jamais faite faute de savoir à quoi équivaut précisément une *cup* dans notre échelle de mesures), pour réapparaître dès que je serai assez idiote pour me pendre à nouveau avec la corde de la vanité.

Quand Jorge rejoint finalement la route de l'hôpital, de longues minutes se sont écoulées en silence sans que le ventre de Joana donne le moindre signe de contraction et, n'étaient le déluge nocturne et la nécessité de trouver un abri quelconque pour Joana si loin de la maison à cette heure avancée, ils pourraient penser que leur voyage à la maternité est un fiasco absolu, en passe d'être couronné par la délicatesse légendaire des agents de tri hospitaliers, qui s'amusent à apposer sur toute inquiétude ne débouchant pas sur la mort, le cachet de la précipitation gaspilleuse de ressources. Joana, qui connaissait la vue aérienne de l'hôpital grâce à Google Maps, a donné les instructions pour se garer mieux qu'un petit chérubin n'aurait su le faire et ils ont trouvé sans problème une place de stationnement.

Jorge accompagne Joana, il prend soin de lui ouvrir la portière puis, à l'entrée de l'hôpital, il se place bien en face du capteur de la porte coulissante, pour s'assurer que celui-ci ne sera pas frappé d'une myopie sélective au moment même où sa femme et son fils entreront, l'une portant l'autre sous le regard attentif du père, qui redouble de soins en examinant le sol sur lequel marche sa femme, traquant la moindre petite irrégularité scélérate ou la marche camouflée, prenant Joana par le bras en l'orientant du bout des doigts en mode Braille, l'aidant à s'approcher du guichet de réception, où une paire d'yeux se pose, tour à tour, sur quelques imprimés à signer puis sur une revue de cuisine qui gît dans un tiroir ouvert, et Joana, s'appuyant sur le rebord en bois qui délimite la partie basse du portillon d'où vient ce regard dévoyé de la réalité, excusez-moi, hasarde-t-elle, je vous prie de m'excuser, mais la femme semble avoir l'attention et l'ouïe calibrées pour le formalisme ou pour la hardiesse et ce n'est que lorsque Joana tambourine à la fenêtre du guichet que la femme émerge des limbes où elle s'était réfugiée pour son auguste délassement, redressant le gyroscope de son regard dans lequel Joana ne distingue aucune expression proprement humaine, juste un étonnement mutique et inquisiteur qui pourrait être celui d'un animal subjugué par l'ébahissement de découvrir que sa nourriture est une pluie infinie tombant contre nature dans sa gamelle par la seule volonté de son maître, et Joana, trop pressée pour sonder ce comportement humain autant que sa curiosité le voudrait, s'adresse à la femme, poliment, excusez-moi, dit-elle, je suis enceinte et je crois que je suis en travail d'accouchement, j'ai perdu les eaux, sur quoi la femme la regarde, avec attention cette fois, avec méthode, puis elle lance de l'autre côté de la vitre (sur laquelle les maladies doivent s'écraser comme les moustiques sur la voiture, en fin de journée, au retour de la plage), mais nous avons un ventre de combien de mois, à quoi Joana répond, sept, sept mois, trente et une semaines et deux jours, conclut-elle avec la même autorité, alors la femme lui désigne une salle, vers laquelle Joana devine qu'elle doit se diriger, puisque la femme ne dit plus rien et que ses yeux se posent de nouveau sur ses imprimés ou sur sa revue. Péniblement, prenant appui sur son mari, qui compense son habituel manque de lucidité par une disponibilité de tous les instants, Joana chemine, sans douleurs mais gênée par une étrange sensation d'écœurement, dont elle attribue la cause à la fatigue et à l'air conditionné trop chaud et, craignant d'être saisie d'un vertige subit auquel Jorge ne parviendrait pas à répondre, elle appuie sa main droite au mur qui borde la salle où elle sera obligée d'attendre, seule, qu'on lui indique la procédure par laquelle elle devra passer pour que son fils naisse, puis elle entre, en laissant à la porte Jorge, qui lui demande si tout va bien se passer, à quoi elle répond avec un sourire et un baiser.

*

Dans la salle, au coin opposé à celui que Joana choisit pour s'asseoir, se trouve une femme qui s'accroche à son ventre en tremblotant, une femme très jeune, une gamine, peut-être, maintenant que Joana a accommodé ses yeux à l'obscurité, une gosse attendant un autre gosse, comme on dit au marché ou dans l'autobus, quand on voit surgir ces gamines enflées à la joie exorbitante, immunisées contre le virus du cynisme que les autres adultes distillent, ébréchés, avec des rires complices et des plaisanteries douteuses, et elles s'assoient ou restent debout avec la même joie de vivre, caressant leur ventre avec leurs mains, comme quelqu'un qui découvre, ému, dans le globe tourbillonnant du monde, son village, sa capitale, son pays, son monde et c'est le lot de ces gamines de porter de longues sphères qui sortent d'elles en lignes droites, chacune restant ferme comme un méridien, un monde qui promet d'habiter un autre monde et tous les mondes restants, sans leur voler ni leur envier la moindre parcelle d'espace, et cela n'est possible que parce que ces gamines transportent encore en elles le gène mystérieux de l'espérance, dont l'effet le plus visible est de tenir la gravité en échec, gène qui, non seulement les fait sauter, tout le temps, très haut dans les airs, mais qui tire leur menton vers le ciel et non vers le sol, qui pousse leurs yeux à chercher les nuages, non la merde de chien qu'il leur arrive aussi de piétiner, sans drame.

Joana, sans douleurs, sans contractions, sans certitudes, s'approche de la gamine, qui serre son ventre dans une espèce de cocon où elle laisse choir sa tête et ses pleurs, et Joana, avec tact : tu te sens bien, tu as besoin de quelque chose, ça fait longtemps que tu es là, questions ignorées ou peut-être inaptes à desserrer l'étreinte fœtale dans laquelle la gamine se protège du monde, et Joana reste assise près d'elle, à la place qui devrait revenir à la mère puis, pendant que la gamine se liquéfie sur sa chaise, Joana lui pose la main sur la jambe pour lui dire, dans un intertexte gestuel, qu'elle est là aussi pour elle et que tout va bien se passer. Dans la salle sombre où les deux femmes se soutiennent mutuellement, traînent des magazines mondains, dont les couvertures évoquent des événements ayant un retard de plusieurs mois sur l'intérêt qu'ils peuvent susciter, des plantes sinistres d'une variété plastique et d'une esthétique discutable, quelques branches étiolées sur lesquelles agonisent perpétuellement des pendeloques en forme de feuilles, des chaises barbouillées par l'attente et les trous dans les grilles de *sudoku,* des chaises sans embouts protecteurs aux pieds, qui grincent comme une chatte en rut quand la main d'un vieillard ou d'une femme enceinte les déplace au ras du sol, des chaises aux sièges et aux dossiers en formica vert – sur lesquelles un collégien souple à l'ossature généreuse pourrait passer inconfortablement une paire d'heures – à l'usage de femmes enceintes capables de passer une journée et une nuit entières assises en attendant d'avoir leur gamin ou de perdre toute sensibilité cervicale dans le bas du corps, ce qui serait un miracle péridural pouvant être attribué au formica, mais ce qui se passe, c'est bien plutôt qu'elles ne peuvent plus préciser les multiples points où naît la douleur qui irradie dans leur corps, de sorte que les frontières entre corps et douleur s'évanouissent et avec elles ce qui permet à l'un de localiser et de contenir l'autre.

Tu as très mal, demande Joana à la gamine qui, se déroulant lentement, lui répond, en larmes, que oui, que par moments ça lui fait très mal, surtout lorsque viennent ces maudites contractions, qu'elle n'a jamais eu mal comme ça, mais surtout qu'elle a très peur, parce qu'elle n'a personne pour l'attendre lorsqu'elle sortira avec le bébé dans son couffin, car ses parents l'ont émancipée dès qu'ils ont su la nouvelle, tu es assez grande pour l'avoir fait, tu es assez grande pour l'élever, seule la mère glisse de temps à autre un billet de vingt euros au milieu de ses sous-vêtements pour qu'elle souffre moins de la faim et des envies de friandises qui l'assaillent au milieu de la nuit, à tel point que ce n'est qu'après avoir croqué un peu de sucre chipé au café du matin qu'elle parvient enfin à dormir d'un sommeil qui fait concurrence à sa faim. Joana ne se retient pas de caresser le corps de la jeune fille, dont elle se sent responsable, parce que nous participons tous, d'une certaine manière, aux chapitres de l'histoire où concourent les revendications qui ont mené à cela, à la possibilité qu'une gamine de 17 ou 18 ans, pas plus, vienne accoucher seule à l'hôpital, comme si elle avait trente ans et une structure mentale capable de supporter la douleur de l'accouchement et la tragédie de la perte, indélébile, de la double identité qu'elle porte en elle. En même temps, comme elle a été équipée par son constructeur de plusieurs type de lentilles, Joana regarde avec envie cette gamine, qui se livre sans retenue à la mastication hospitalière, elle envie son ventre arrondi, qui correspond, si on peut dire, chez Joana, au promontoire surplombant l'accumulation de mois de bière et d'ennui, elle envie ses contractions, qui feraient de Joana la plus heureuse des femmes, si jamais elles se manifestaient, ces saintes douleurs par lesquelles le bébé marche à quatre pattes jusqu'au portillon par lequel il sera expulsé, version précoce de l'homme-canon, elle envie les regards qu'elle a attirés dans la rue, avec son ventre à son âge si jeune, promenant le caniche blafard qui fait les délices des vieilles dames, l'obligeant à s'arrêter pour que, chacune à son tour, elles lui donnent l'inévitable taloche sur le cou, au prétexte que les chiens ça ne comprend que les caresses viriles, et maintenant, le chien se cache derrière elle pendant que les vieilles, en l'apercevant – ce n'est pas la fille d'Esteves, là-bas, celle qui va avoir un gamin –, se lèvent de leurs chaises dans le lézartorium qu'est toute terrasse généreusement ensoleillée aux jours d'hiver, pour venir l'entourer sans la moindre pudeur, tout en posant leurs mains là où les yeux ne s'aventurent plus depuis longtemps, et elles ne s'arrêtent, satisfaites, que quand le petit locataire réclame, à coup de pied, la tranquillité d'une photosynthèse régénératrice : il a bougé, Dona Alípia, il a bougé, je crois bien qu'il me connaît déjà cet enfant.

La jeune femme – une infirmière surgit derrière ce qui ressemble à un rideau de douche – la jeune femme vient avec moi, et la gamine, en entendant ces mots, enfonce ses ongles dans Joana, cherchant désespérément une protection, elle qui est encore plus près d'être fille que d'être mère, en dépit du ventre gigantesque qu'elle porte, et Joana songe, pendant un court instant dont elle ne gardera ni mémoire ni aveu : j'aimerais avoir un couteau pour pouvoir faire une entaille dans le corps fragile et plastique de cette gamine perdue puis, rentrer peu à peu en elle par le dos, comme par magie, comme dans le miroir d'Alice, jusqu'à occuper tout l'espace de son corps, en une invasion de parasite, la porter comme une seconde peau, souriante, jusqu'à la salle d'accouchement et impressionner (par la taille de mon ventre, débordant d'envie de mettre bas) les médecins qui, entre condescendance et brutalité (leurs deux registres naturels), ne parviendraient pas à obtenir de moi plus qu'un sourire, dont je ne me déferais jamais, pas même dans la dernière poussée, quand j'expulserais le gamin et la gamine : des jumeaux, demanderaient-ils, non, c'est le mien et le sien, répondrais-je, sans quitter le silence ni mon sourire, et c'est la dernière image que je garde quand la gamine sort des décombres de mes bras, la main tendue comme si on la tirait vers un premier jour de maternelle : et j'entends presque, maman, je ne connais pas les enfants, personne ne m'aime, et je suis tentée de lui répondre, pendant que ses doigts finissent par glisser

des miens, que tout va bien se passer et qu'elle ne peut pas ne pas aimer ce qu'elle ne connaît pas encore, même si j'admets, en moi-même, que c'est un mensonge.
Joana reste seule une fois la gamine disparue derrière le rideau de douche et, soudain, dans la salle, il n'y a rien d'autre à faire qu'attendre, en contemplant longuement son ventre qui ne grandit pas, un petit ventre de sept mois, dont elle a pourtant honte, et elle s'imagine dans un cortège de femmes enceintes nues, un cortège dont l'objectif eugénique est attesté par la présence d'un officier-médecin en service, qui palpe les ventres comme on contrôle le calibre des bonnes pêches et, en arrivant à son tour, songe Joana, l'homme refuse de la palper et il me regarde comme si j'étais un fruit périmé ou mangé par les vers, puis il fait un signe du doigt à deux soldats auxiliaires pour qu'ils m'emmènent, et je ne résiste même pas car en fin de compte je déshonore l'État en me déshonorant, et ils m'emmènent loin de là pendant qu'une autre femme laisse échapper un sanglot, contenu péniblement par ses mains recouvrant son visage, car un bon fruit ne pleure pas, comme chacun sait, un bon fruit ne pleure jamais, et moi je suis jetée dans une chambre de combustion, mes cheveux s'évaporent instantanément, ma peau survit juste le temps de la voir tomber carbonisée, comme une poussière de braise, seuls mes yeux résistent, gisant sur le tapis roulant qui parcourt l'intérieur du four, ils carambolent l'un contre l'autre

et, lorsque tout s'arrête, je vois à travers l'un d'eux le bout d'une pelle ramassant la cendre de ce que j'ai été et, à travers l'autre, les mains d'un employé me recueillant comme une ancienne bille de verre d'enfant, découverte dans un accès de nostalgie.
Environ une demi-heure après le départ de la gamine, on fait entrer Joana. À ce stade, Joana s'est déjà fait la réflexion qu'elle devrait rentrer chez elle assez vite, puisqu'elle n'a pas de contractions et qu'elle a pu confondre la perte des eaux avec un autre phénomène physiologique, d'une même et soudaine liquidité et, comme elle commençait à se morfondre, assise sur sa chaise en train de feuilleter son passé, elle se lève et entre dans un petit cabinet où un jeune médecin mâchonne un sandwich enroulé dans du papier d'aluminium, et quelques mots parviennent jusqu'à Joana, eux aussi mastiqués, de sorte que Joana exerce la double fonction de les reconstituer puis d'écouter la reconstitution, et elle répond, malgré la difficulté créée par la tâche supplémentaire, en effet, je suis enceinte, de trente et une semaines et deux jours, tout est en ordre, les documents, le carnet de maternité, les examens, ne devrais-je pas plutôt être chez-moi, se demande-t-elle à la suite d'une question du médecin, c'est bien possible, mais j'ai perdu les eaux cette nuit, pendant mon sommeil, puis j'ai eu quelques contractions et j'ai préféré venir ici, en roulant doucement, parce que les statistiques sur les accidents subis par les femmes au terme de leur accouchement sont

alarmantes, mais à présent je n'ai pas mal, pas du tout, je ne sens pas la moindre contraction, d'où je conclus que c'était probablement une fausse alerte, que je vais encore le garder en moi pendant deux mois, pour qu'il se fortifie, et on se voit dans quelques semaines, c'est juste ?

Le médecin, enfin restauré, consent à quitter le confort de son fauteuil en skaï pour venir examiner Joana, qui se déshabille comme si elle avait une connaissance intime de la routine des diagnostics, montrant son ventre semblable à une de ces extraordinaires génoises qui se ratatinent au contact du moindre courant d'air, et le médecin, empoignant le stéthoscope, place le froid pavillon de l'instrument sur le ventre de Joana (un vieux machin qui ne ressemble même pas à un véritable stéthoscope, plutôt à un appareil auditif préhistorique datant de l'époque des photographies sépia), pendant qu'il essaie de maintenir l'air décontracté hyperréaliste de celui qui a l'habitude de fréquenter les régions frontalières de la vie, l'air de quelqu'un qui viendrait tout juste de se réveiller, calmement, et qui avant de prendre son petit-déjeuner, réparerait au passage la disharmonie d'une jambe mutilée par le fer d'un accident d'automobile, il déplace le pavillon du stéthoscope comme on ajuste une antenne de radio, afin de mieux capter cette fréquence spéciale où l'on devrait entendre un battement craintif et rapide, masqué par un battement adulte et grave, mais il ne semble percevoir que le second, fort et grave, qui refuse de s'effacer et dont la fréquence augmente à mesure que l'examen continue et que le sourire du médecin acquiert une pesanteur flasque qui fait retomber les commissures de ses lèvres, alignant sa bouche à l'horizontale dans le seul but, finalement, de la lui faire ouvrir.

Apportez-moi le CTG, lance-t-il brusquement à l'infirmière, occupée à tricoter dans un coin de la pièce, pendant qu'elle s'exécute, le médecin continue de m'ausculter le ballon flasque, plus nerveux, moins prompt à la réplique de circonstance, et moi-même je commence à avoir les jambes qui tremblent légèrement, parce que le médecin est déjà passé au moins deux fois sur chacun des points d'auscultation possibles, sans qu'aucun signal ne l'oblige à s'arrêter, ne refrène sa furie prospectrice et, soudain, l'infirmière revient en poussant un chariot sur lequel trône le CTG, le cardiotocographe, qui sert à mesurer les contractions de la mère et les battements de cœur du bébé, ils me passent rapidement la ceinture du CTG, à travers laquelle la voix des entrailles est traduite en graphiques délicat, grâce auxquels les médecins entretiennent l'algèbre qu'ils ont apprise en deuxième année de faculté, et dès que je suis serrée dans la bande élastique, le médecin branche le moniteur pour constater que les deux lignes restent en dessous de 1 sur l'échelle de Richter, le médecin choisit alors d'asséner sur la machine un vaillant coup régénérateur, qui fait éclore un frisson de stalactites graphiques, immédiatement suivis d'un microclimat de plaines silencieuses, que l'infirmière ne parvient pas à interrompre en manipulant la ceinture, la serrant tantôt à gauche, tantôt à droite, en quête d'une timide vibration, mais rien, un énorme silence envahit la machine, la pièce, le médecin, qui se passe la main dans les cheveux comme s'il venait de se réveiller et si ses mains tremblaient devant une artère débordant comme un barrage sous-dimensionné.

Madame, veuillez vous allonger sur la table d'examen, il faut que je vous palpe, infirmière apportez-moi un ultrason portable et du gel, rapidement, il me le faudra lorsque j'aurai examiné cette dame, et l'infirmière aux pieds lestes sort, il y a de la vitesse dans l'air, le ton du médecin insuffle l'urgence.

Quand, au juste, dites-vous que vous avez perdu les eaux, Madame ?
Et Joana répond, à quatre heures du matin, ou à peu près, elle était en train de rêver et se réveille brusquement, dans son rêve toute cette zone était couverte de sang, dit-elle, pointant vers son pubis, et c'était abondant, demande le médecin, oui, docteur, très abondant, c'était comme si j'avais fait pipi au lit, ça avait une drôle d'odeur, vous savez bien, docteur, une odeur d'embruns, achève le docteur, non, ce n'était pas vraiment une odeur... d'embruns, mais peut-être un peu, après tout, ce sont des odeurs qui peuvent entretenir des ressemblances, on n'est pas des œnologues non plus, n'est-ce pas, mais dites-moi, docteur,

dites-moi ce qui se passe avec Francisco, pendant que le médecin, la main à l'intérieur du vagin de Joana, muni d'une lampe frontale, dans une sorte de spéléologie de sauvetage, se contorsionne en silence, cherchant avec la sonde de ses doigts, un message quelconque dans une sorte de Braille où la vie pourrait encore se lire et s'écrire, pendant que l'infirmière apporte l'échographe et se charge d'enduire de gel Joana, de plus en plus confuse et effrayée puis, en quelques minutes, le médecin empoigne la sonde qui lui permet de faire bouger les cumulonimbus sur l'écran de quatre sur quatre qui vomit de la grisaille, puis il balaie toute cette zone
la demeure de Francisco, le corps de Francisco, le cœur minuscule de Francisco
cherchant un signe de vie faible, inapte à être enregistrée par le sismographe des contractions, et, finalement, en sueur, fatigué, dépité, il s'arrête et dit : Francisco est mort, excusez-moi, je ne connais pas votre nom, Joana, répond-elle, Francisco est mort, Joana, je regrette, il était déjà mort lorsqu'il est arrivé ici, et il n'y a rien que nous puissions faire, je regrette, je regrette infiniment, Joana, et il lui prend la main qu'involontairement Joana éloigne de lui et garde pour elle.

*

Comment est-ce possible, docteur, crie Joana debout pendant que le médecin regarde par terre en cherchant une ligne de fuite susceptible de le distraire de la conversation pendant qu'il répondrait en mode pilote automatique, comment est-ce possible, mon bébé qui bougeait il y a quelques heures à peine, avant que je m'endorme il me donnait de ces coups de pied, on aurait dit qu'ils étaient deux, et maintenant il est mort ? J'exige un deuxième avis, vous m'entendez, je veux un deuxième avis, de la part d'un médecin qui est allé chez le coiffeur il y a moins de deux mois, et Joana passe devant lui, tripote sans ménagement les boucles qui lui tombent sur les yeux, un médecin qui ait au moins trente ans, qui sache à quoi correspondent les deux extrémités du stéthoscope, pas un gamin qui, après avoir avalé un sandwich au jambon, me met la main pour me dire que mon fils est mort, un deuxième avis, vous comprenez, je veux un deuxième avis tout de suite, pendant qu'on peut encore faire quelque chose !
Le médecin sort de la pièce, l'infirmière reste aux côtés de la machine qu'elle a apportée, elle fait semblant d'appuyer sur des boutons pour ne pas avoir à regarder Joana, absorbée par une tempête tropicale de doutes qui se déversent sur son corps dénudé, le promontoire de son ventre recevant les grêlons avec un déplaisir stoïque, aucune réponse, zéro explication, des mois de planification millimétrique réduits à néant, ruinés en une nuit sans que Joana parvienne

à identifier d'autres coupables qu'elle-même, car elle a forcément dû se tromper quelque part, les bébés, ça ne meurt pas pour un oui pour un non, il y a des gamins qui survivent plusieurs jours dans des dépotoirs, d'où on les retire bleus de froid, et ils grandissent pleins de santé, ingérant du lait qui frôle la date de limite de vente, offert par la charité locale, un bébé c'est très résistant et, si le mien ne l'est pas, c'est de ma faute, j'ai fait ou je n'ai pas fait des choses que je n'aurais pas dû ou que j'aurais dû faire, Dieu pardonne beaucoup de choses, mais il ne pardonne pas l'orgueil, voilà comment je suis tombée en disgrâce, il m'a déroulé le tapis le plus précieux pour pouvoir me le retirer au moment où je mettais la main sur la poignée de la porte du palace, et Joana, voulant à tout prix éviter de pleurer, car elle s'est promis à elle-même qu'elle se l'interdirait tant qu'elle serait à l'hôpital, que ce soit de bonheur, ou au contraire pour ça, qui lui arrive maintenant, laisse malgré elle échapper une larme, qui lui parcourt le bras jusqu'à l'articulation du majeur de sa main droite, fermée comme si elle allait frapper quelqu'un, puis elle tombe. Quand l'infirmière, elle aussi, quitte la pièce, Joana finit par s'asseoir sur une chaise, celle du médecin, et, très calmement, les mains sur le ventre, elle commence à parler à Francisco, est-ce que tu vas bien, lui demande-t-elle, ce qui est une question idiote, elle en est bien consciente, mais elle ne peut pas s'empêcher de la poser, parce que je ne crois pas à la mort, dit-elle, je ne suis pas bête au point de croire à la mort, surtout à la mort de qui n'a même pas vécu, c'est une contradiction, tu m'entends, mon enfant, et ses mains caressent son ventre comme si elle avait recueilli un petit chien écrasé, car si ça se trouve le bonheur du monde tient à ces considérations, aux contradictions, aux exceptions, aux infimes pourcentages grâce auxquels la majorité confirme derechef la douceur de la normalité, et toi et moi nous ne devrions pas être l'exception, parce que les exceptions sont brûlées sous la lampe implacable du microscope tant qu'elles sont consommables, après quoi elles sont déposées dans des bennes où il est écrit danger, en attente d'être doublement incinérées (deux yeux qui carambolent l'un contre l'autre, l'un voyant une pelle qui ramasse de la cendre, l'autre un colonel qui recueille la nostalgie d'une bille), et aussitôt nous devenons une petite tape dans le dos, qui nous remercie de contribuer à la science, puis un *paper* qui parle de la morphophysiologie du canal urinaire chez l'enfant de sexe masculin, une éructation de préciosité universitaire pour parvenir à décrocher un semestre de plus de bourse *postdoc*, parce qu'en période de vaches maigres, on prend n'importe quoi plutôt que le chômage et la rue, où chaque jour se retrouvent plus de gens, y compris devant la porte de parfaits étrangers, qui doivent les rouler à l'écart afin de pouvoir rentrer chez eux.

Le médecin jeune entre accompagné d'un médecin plus vieux, et avant d'accorder leur attention à Joana, qui se lève brusquement de sa chaise, ils se rendent près du CTG et de ses lignes insipides, puis ils vont vers l'ultrason, non sans échanger préalablement quelques impressions, en sourdine, une fois parvenus à l'instrument, le médecin jeune commence à montrer comment il a manipulé l'engin sur Joana et ce qu'il a fait pour obtenir les images qui défilent sur l'écran en un *slideshow* météorologique, et le médecin plus vieux lui pose quelques questions, soulignées par un sourire lorsque le médecin jeune explique, de façon apparemment adéquate, ce que le médecin plus vieux veut entendre, puis, une fois achevée cette petite déambulation à travers les machines, ils échangent encore quelques mots entre eux, et le plus vieux, la main tendue, avance vers Joana, qui reçoit la main avec la perplexité d'une étrangère.

Mon nom, jeune femme, est Reinaldo dos Santos, je suis le chef de l'unité d'obstétrique de l'hôpital, j'aurais voulu échanger quelques mots avec vous et, si possible, vous examiner rapidement.
Le docteur Reinaldo, arborant un sourire amical indéfectible, parvint à ce que Joana lui prête sa main pendant quelques brèves secondes, durant lesquelles il s'entretint à la secouer comme si elle était morte, ce qu'elle était effectivement pour ce qui est du désir d'accomplir des rites sociaux, puis il reprit aussitôt la conversation, pendant que la main de Joana retombait lourdement contre son corps : je peux ? demande le docteur Reinaldo, muni de son propre stéthoscope,

il l'applique sur le ventre de Joana, que celle-ci voit de plus en plus comme une taupinière sur laquelle on pourrait trébucher par mégarde, puis, avec le pavillon métallique de l'appareil, préalablement réchauffé par les humeurs de son haleine, le docteur Reinaldo fait plusieurs tours sur le ventre de Joana, religieusement, pour finalement reposer le stéthoscope sur la table et, sur un ton solennel : votre enfant est mort, il n'y a rien que nous puissions faire, mais il faut que nous le retirions, et il est de mon devoir de vous informer des alternatives qui s'ouvrent à vous, si vous voulez bien qu'on en parle.
Joana recouvre son ventre de son t-shirt, que s'est-il passé, docteur, comment mon fils est-il mort et pourquoi, si pas plus tard que la nuit dernière je le sentais si bien bouger ? Ces questions, réplique le médecin, je ne vais pas pouvoir y répondre, il y a tant d'explications possibles, si diverses, comme vous pouvez l'imaginer, vous pouvez avoir une insuffisance cervicale, est-ce que je sais, et cela peut être la cause du déclenchement prématuré du travail d'accouchement, mais ce ne sont là que des conjectures, je vous demande de ne pas y accorder d'importance et de ne prendre au sérieux que les résultats définitifs des tests complémentaires de diagnostic auxquels nous devrons vous soumettre, puis en conclusion de ce préambule à l'explication de rien du tout, le docteur Reinaldo dos Santos laisse tomber son regard sur le linoléum et joint ses mains en se tournant les pouces, pendant

que Joana cherche sur le médecin une trace de sérieux qui l'empêche d'éclater de rire, mais elle n'y arrive pas, elle explose comme si elle retenait en elle toute une décennie de comédie, et elle s'agrippe à la blouse du docteur Reinaldo dos Santos, Chef de l'Unité d'Obstétrique, s'y mouche un bon coup, en riant, en riant de plus belle, puis, quand elle parvient enfin à s'arrêter de rire pendant cinq secondes, elle lui demande pardon, excusez-moi, docteur, je ne sais pas ce qui m'a pris et, dès qu'elle achève sa phrase, elle recommence à rire, hystérique, et le médecin fait deux pas en arrière, comme s'il voulait éviter le risque de contagion.

Écoutez Madame, dit le médecin par-dessus le rire de Joana, vous avez un problème, sans blague, l'interrompt Joana, et elle rit, il faut vous retirer ce bébé immédiatement, Francisco, il s'appelle Francisco, il faut retirer ce bébé, Francisco, BORDEL, il s'appelle FRANCISCO, vous voulez que je vous l'épelle, et elle se place face au docteur Reinaldo, les bras ouverts, le ventre en avant, pointant le pré-mort-né comme une arme, Madame, poursuit le médecin avec un calme redoublé, entrecoupant chaque syllabe par une généreuse inspiration dont il se débarrasse à la fin de la syllabe suivante, Madame, même pour votre santé, avant tout pour votre santé, il faut qu'on retire Francisco afin de pouvoir déterminer les causes de sa mort, estimer le temps écoulé depuis la mort et éviter que vous puissiez contracter une infection, une infection ? oui, il n'est pas sain de porter dans votre utérus un fœtus mort, car les tissus vont se dégrader et ils peuvent devenir des foyers d'infection, vous voulez dire que mon fils, qui est en moi, est comme un rat crevé à l'intérieur de mon vagin, un bout de viande en attente de désagrégation dans une saumure de bactéries, image charmante, docteur Reinaldo, ce n'est pas tout à fait ça, réplique le médecin, la métaphore est exagérée, je sais, répond Joana, mais je ne sais pas être autrement, quoi qu'il en soit, reprend le médecin,

exagérée,

quoi qu'il en soit, il faut qu'on avance. Il faudra signer quelques papiers, après quoi nous pourrons procéder à l'accouchement. À l'accouchement ? Bien entendu, on ne peut laisser ça là, FRANCISCO, F.R.A.N.C.I.S.C.O., naturellement, le, le, Francisco, vous voyez comme c'est facile, interrompt Joana, pour toutes les raisons que j'ai dites, Francisco ne peut pas rester là, sans compter qu'il faut rechercher les causes pour lesquelles cela s'est produit.

C'est de ma faute, coupe Joana, pas du tout, jeune femme, pas du tout, réplique le médecin, lassé, la faute peut être due à un millier de facteurs, ce n'est qu'après une bonne autopsie que, c'est de ma faute, poursuit Joana, pas du tout, ce n'est qu'après autopsie, l'insuffisance cervicale qui a déclenché l'accouchement, vous vous souvenez, c'est de ma faute, interrompt Joana, mais ce n'est là qu'une hypothèse, une explication possible parmi tant d'autres, gesticule,

exaspéré, le docteur Reinaldo dos Santos, nous ne savons même pas si c'est cela et je regrette déjà de vous avoir donné cette piste, c'est de ma faute, murmure-t-elle, davantage pour elle-même que pour alimenter la conversation, soit, dit le médecin, mais donnez-nous au moins une chance de prouver que vous vous trompez, d'accord ?
Une fois leurs arguments épuisés, les deux interlocuteurs fixent le sol de l'hôpital, comme il arrive quand les gens doivent être ensemble sans avoir rien à se dire, c'est ça ou parler du temps qu'il fait, plus petit commun multiple du dialogue, inopérant en l'occurrence par total manque d'adéquation au drame, qui est encore le seul monorail praticable pour toute conversation, et Joana demande au médecin quelle est la meilleure solution pour Francisco, celle qu'il conseille, car si ces incidents sont fréquents, il doit y avoir une procédure type, suggère-t-elle, une méthodologie par laquelle on puisse limiter la souffrance de tous, et le médecin, levant le sourcil, répond oui, le mieux, à son avis, ce serait encore de provoquer l'accouchement, puisque le corps, malgré la rétractation, se préparait tout de même à cela, provoquer l'accouchement et le mener à terme, puis on fera les examens indispensables pour déterminer la cause de la mort, et l'on verra si tout est bien en ordre chez Joana.

Docteur, murmure Joana, je ne veux pas que mon mari le sache, je ne veux pas qu'il assiste à tout cela, sauf à l'accouchement, vous comprenez, je veux le préserver de la mort jusqu'à ce qu'il ne soit plus possible de l'occulter, et ça, pour moi, c'est un impératif, si quelqu'un doit souffrir, que ce soit moi, vous comprenez, docteur ?

Madame, ce que vous me demandez là, c'est de mentir, sans qu'on comprenne pourquoi, car en fin de compte, c'est votre mari, s'il vous aime, il comprendra très vite ce qui s'est passé et il voudra vous aider, en outre, je ne veux pas obliger mon équipe à toute une mise en scène pour que votre mari ne soit pas conscient de ce que tout le monde sait, ne serait-ce que parce que, éthiquement, ce serait déplorable, vous comprenez, madame ?

Écoutez, docteur, Joana commence à s'impatienter, elle arpente d'un bout à l'autre le bureau, qui devient étroit pour tant de tension accumulée, je sais que Jorge n'a pas l'étoffe nécessaire pour entendre une nouvelle comme celle-là, et au final, il est certain qu'on n'aura pas seulement un bébé mort, mais aussi un couple mort, et qu'au lieu de surmonter la tragédie en en sortant plus unis, on va entrer dans le jeu d'à qui la faute, jusqu'à ce que l'un de nous laisse le masque s'écailler dans le gouffre et renonce, abandonnant l'autre à son sort, et ce n'est pas ce que je veux de mon mari, ni du reste de ma vie, je suis certaine que ma quote-part de souffrance est entièrement payée pour aujourd'hui : vous n'êtes pas d'accord, s'adressant, amère, au médecin, lequel maintient, dans son attitude, une distanciation éthique, les mains

le long des jambes, se distrayant en faisant tourner ses index pour passer le temps.
D'un geste du doigt, le médecin fait sortir l'infirmière et son jeune collègue, puis il se tourne vers Joana : il n'a pas à se mêler de leur couple, il ne veut pas savoir s'ils s'entendent ou s'ils ne s'entendent pas, ou s'ils mangent en se tournant le dos, mais tout ça – il désigne l'espace environnant en ouvrant les bras comme un patron de ranch achevant le comptage de ses têtes de bétail – c'est son domaine, et il ne va pas se plier aux conditions particulières d'une patiente, aussi complexes soient-elles, pour lui faire plaisir par un procédé qui déshonore un département dont il a mis du temps à redorer l'image : vous comprenez, jeune femme, ce n'est pas une crève-la-faim de banlieue qui va me faire, ne serait-ce qu'imaginer le contraire, et il ponctue son ultimatum d'un coup de poing sur la table, censé faire sentir à Joana l'aiguillon du petit pouvoir l'obligeant à courber l'échine et à s'incliner en un oui-monsieur japonais, mais Joana, le regard toujours fixé sur le sol, très calmement, se contente de dire : je vais partir d'ici, je vais aller dans un autre hôpital, où je connais des gens qui n'hésiteront pas à sauver l'un ou l'autre, et en sortant, je vais m'assurer d'être bien barbouillée de rouge à lèvres, que j'ai mis à la hâte, afin de pouvoir dire en arrivant à l'hôpital : tout allait bien jusqu'à ce que le médecin chef fasse sortir les gens qui étaient dans la pièce puis me dise à l'oreille – parmi d'autres obscénités inracontables –

que rien ne le faisait autant bander que de baiser la mère d'un fœtus mort, et quand j'ai répondu, d'abord, en disant non, pour refuser encore lorsqu'il me tendait cinq mille euros, qu'il jugeait suffisants pour vaincre ma répugnance initiale, le misérable a essayé de m'embrasser et ça ne s'est arrêté là que parce que je me suis enfuie, je peux agrémenter cette histoire de quelques bleus provoqués par une chute dans l'escalier, car les juges adorent ces détails quand il s'agit de femmes enceintes.

Madame, et pendant qu'il dit cela, il prend une cigarette dans la poche de sa blouse, puis l'allume avec un briquet du Benfica identique à celui que Joana avait vu en rêve la nuit précédente, passer de main en main à travers l'ouverture des portes coulissantes, vous allez encore vous mettre dans de beaux draps, avec ça à l'intérieur de vous sans qu'on sache

Francisco

sans qu'on sache à quand remonte le décès, vous allez finir par attraper une septicémie et alors vous n'aurez plus besoin d'inventer des histoires macabres pour parvenir à vous défaire à la fois de votre grossesse et de votre mariage, et moi je suis presque à l'âge de me barrer d'ici, donc, jeune femme, et il frappait avec le briquet sur la table en formica, lâchant de longues bouffées, des nuages entiers de cancer qui grimpaient le long des murs, nous allons faire jouer à votre mari le rôle de l'idiot et quand l'enfant mort-né sortira, vous vous débrouillerez comme vous voudrez,

et si vous faites mine, une seule fois, de vous écarter d'un petit millimètre de cet accord, je donnerai instruction à toute mon équipe de tout nier avec une telle véhémence et de façon si ferme que vos visages, à l'ouverture du journal télévisé, seront aussi crédibles que si vous commentiez l'arrivée de petits hommes verts venus de l'espace à Cabeceiras de Basto*, c'est compris, dit-il en concluant sa tirade par un coup de poing métallique, à cause du briquet qui débordait du pourtour de sa main.
Tous deux restèrent silencieux, puis ils acquiescèrent d'un geste, et le médecin, en passant devant Joana, murmura à son oreille : c'est vrai que ça me fait bander de baiser des femmes avec des fœtus morts en elles, ce n'est même pas pour le plaisir vaginal, vous savez, ce qui me plaît vraiment, c'est de les enculer en songeant que, d'une minute à l'autre, toute cette pourriture peut leur tomber le long des jambes, vous vous êtes trompée de cible, mais vous êtes tombée pas loin, attendez qu'on vienne s'occuper de vous, et n'ayez crainte, vous n'êtes pas mon genre.
Une fois le médecin parti, en dépit de sa promesse de ne pas pleurer à l'hôpital, Joana se laisse tomber sur la table, et elle pleure.

✶

* Brive-la-Gaillarde.

Joana est restée contre le bureau, entre les ruines d'un café et un mikado de crayons, jusqu'à ce qu'une infirmière entre : déshabillez-vous, lui dit-elle sèchement, déshabillez-vous et enfilez-moi ça, on va vous faire toute belle et confortable, et pendant que Joana se réhabituait à avoir les yeux ouverts, l'infirmière disposait sur une chaise une blouse et des chaussons jetables, qu'elle plaçait l'un à côté de l'autre comme si elle craignait qu'ils soient volés, déshabillez-vous, je vais vous aider à enfiler ça, allons, et Joana, engourdie de sommeil et de tristesse, ramasse son corps jusqu'à se trouver assise sur la table, elle s'étire, baille comme si elle était toute seule, je n'ai pas besoin d'aide, dit-elle, dès qu'elle a retrouvé son souffle, je peux m'habiller toute seule, poursuit-elle, pendant que l'infirmière, péremptoire, déshabillez-vous, et Joana se plaint de ne pas avoir un vestiaire ou même seulement un rideau derrière lequel elle pourrait se glisser, à quoi l'infirmière rétorque, on est à l'hôpital ici, et à l'hôpital on n'a pas ce genre de pudeurs, l'hôpital c'est le lieu le plus proche de la naissance, et je ne crois pas, avance-t-elle en guise de corollaire de sa philosophie naturaliste, que quand vous êtes née, votre premier souci ait été de vous habiller : maintenant déshabillez-vous, on n'a pas de temps à perdre, il faut encore que je vous rase.

Joana ôte ses vêtements, un à un, elle les range à l'intérieur d'un sac plastique de cent litres, plutôt un sac-poubelle, jusqu'à se retrouver exposée au froid, l'alliance aussi, demande-t-elle, tout, elle entend la réponse sèche, absolument tout, et Joana place son alliance dans une des poches de son pantalon, ses boucles d'oreilles dans une autre, un ruban est jeté au hasard, avec ses mains elle tente de recouvrir ses seins et son mont de Vénus, de crainte de voir apparaître un étudiant de troisième année entre un accouchement aux forceps et un curetage, qui la verrait ainsi, muse d'un artiste inexistant, tremblant de froid et de honte, pendant qu'elle examine la blouse que lui tend l'infirmière, une pièce unique, qu'on enfile par le cou puis qu'on attache avec des lacets tombant le long de la colonne vertébrale, celle-ci restant apparente comme une longue cicatrice de chair déchirant le bleu éteint de la blouse, qui ressemble plutôt à une tente individuelle.

Les chaussons sont trop petits et ils ne sont assortis ni à la blouse ni à la taille de Joana, mais Joana se moque de traîner des pieds le long des couloirs, accrochée à une rampe en bois sur laquelle quelques échardes ont résisté au vernis dompteur qu'une main a étalé au hasard, et pendant que Joana rêve éveillée à ce qui va venir, l'infirmière, une balèze aux bras énormes, bien faits pour étouffer sous la pression toute créature ayant tendance à l'hystérie en des lieux inappropriés, pose ses mains sur Joana, dans la zone du pubis, qu'elle découvre, pendant que Joana lutte, avec ses mains, pour la recouvrir, mais l'infirmière, ignorant les mains de Joana comme l'apiculteur concentré sur le miel ignore les abeilles furieuses autant qu'inoffensives, les écartant avec le bout de ses doigts, tenez-vous tranquille, dit-elle, tenez-vous tranquille car je n'en ai pas pour longtemps, vous allez avoir une nouvelle coiffure, puis, tenant le rasoir dans ses mains chaussées de gants, elle s'apprête à élaguer le volume pileux de ce delta inversé.

Vous voilà toute jolie à présent, on dirait que vous allez à la plage, s'il n'y avait ce temps – vous avez vu le froid qu'il fait ? – vous seriez complètement dans le vent, tout ça grâce à un rasoir, si vous saviez combien de femmes j'ai rasées depuis que je suis infirmière dans cet établissement, si j'avais reçu un centime pour chaque poil pubien que j'ai fait tomber de mes mains, il y a belle lurette que mon mari et moi on serait rentrés au pays, dans notre petite ferme où nous allons une fois par mois – pas plus parce qu'il n'y a pas encore l'électricité, la compagnie nous demande une fortune pour installer un raccordement – on ne resterait pas au milieu de la cohue de Lisbonne, tous ces gens si déplaisants, vous ne trouvez pas, toujours pressés, fourrés dans leurs voitures le doigt sur le klaxon, et le bruit et la grossièreté, quand on monte dans le bus, le conducteur qui ne répond même pas quand, les trois premiers mois, on le salue, je parie que vous ne saluez pas lorsque vous montez dans le bus, Joana acquiesce, c'est un fait, je ne salue jamais, de toute façon je n'aime pas les gens en général, j'évite tout contact avec eux, je suis phobique, c'est plutôt pour cette raison que par manque de politesse, mais vous avez raison, je ne salue pas, ce que je veux en montant dans le bus, c'est que le trajet soit rapide, d'ailleurs je tourne le dos à tout le monde, je regarde Lisbonne défiler à travers la vitre, puis je souris lorsque j'entends la voix enregistrée annoncer mon arrêt, mais moi je ne compte pas, vous savez, je suis bizarre, tout le monde me le dit, et l'infirmière, habitée tout d'un coup par une compassionnelle générosité, prend les mains de Joana dans les siennes, avec ses gants couverts de poils, puis elle dit, tout le monde est bizarre, jeune femme, tout le monde est bizarre, sauf que certains ne se tuent pas et d'autres parviennent même à sourire.

Maintenant, jeune femme, vous allez mettre ce clystère dans les toilettes qui se trouvent derrière cette porte, et vous n'en sortirez que lorsque vous n'aurez plus envie de faire caca, restez-y le temps qu'il faut, normalement ça agit au bout de quelques minutes, mais ne soyez pas pressée, parce que vous n'êtes pas près de sortir d'ici.

Bon soldat, Joana se dirige vers la salle de bain, un tube de gel entre les mains avec les instructions pour bien évacuer, derrière la porte, elle découvre une pièce gigantesque, et la première chose qui lui traverse l'esprit, c'est qu'elle aurait pu s'habiller là, la deuxième, qu'elle aurait pu être rasée là, mais ce qui est fait est fait, pense-t-elle, inutile de pleurer sur sa pudeur, surtout sur sa pudeur, et Joana parvient à se décider pour un w.c dont la fermeture fonctionne de l'intérieur, mais w.c est un euphémisme, parce qu'en réalité il s'agit d'un simple trou dans le sol, où chier devient un jeu de réussir à mettre dans le trou, et Joana accroupie, comme chez certaines tribus eurasiennes, dirait certainement un anthropologue en la voyant dans cette position primitive (mémoire géodésique transcendant notre éducation, pourrait-il conclure), manipule du bout des doigts la pointe de la canule, la porte d'abord à sa bouche pour la lubrifier de sa salive, puis, aussitôt, essaie de trouver, sous son vêtement, qui retombe sur elle comme un amas de coton bleu, l'anus timide, où elle parvient péniblement à enfiler la canule, doucement, parce ça lui fait mal, et quand elle sent qu'elle est bien à l'intérieur de l'anus, elle presse le tube, assez fort pour que la canule libère le gel et que celui-ci soit tout entier dans le périmètre de l'anus, vidant le récipient, et Joana s'efforce avec ses doigts de faire entrer le gel à l'intérieur du bon orifice, mais le peu qu'elle parvient à introduire ressort sous forme de bave charriant les restes de cet égout qu'est le colon, fatiguée, en sueur, regardant ses mains, qui dépassent du vêtement, Joana a du mal à contenir le vomissement qu'elle sent monter le long de son œsophage, urgent comme l'incendie.

On a déjà tout fait ? entend-on de l'autre côté de la porte, et Joana, les doigts verdis par les épinards avalés la nuit précédente, réprime sa nausée et ses larmes en répondant oui, elle est prête, elle va se nettoyer, que l'infirmière l'attende dehors, elle arrive, puis elle se met à dérouler le papier toilette d'une seule épaisseur, dont le contact rêche avec la peau est vite oublié au profit de la tâche à accomplir, et Joana, toujours accroupie, se nettoie le pourtour de l'anus, puis elle se nettoie les mains, lentement, avec précaution, pour ne pas salir sa blouse ni les lacets qui la font tenir, elle voudrait arriver au moment où le papier, à force de racler son derrière et alentours, reviendra tout blanc, et quand cela se produit enfin, elle rassemble avec ses pieds un vague amas de papier sale, à peu près au milieu du trou, puis de ses mains encore assez sales, elle tire la chasse d'eau, qui engloutit cette masse de cellulose dans un tourbillon d'eau aussitôt digéré en un interminable borborygme.

Joana ne perd pas de temps à nettoyer le vert-de-gris organique qu'elle a sur les doigts, elle se lave les mains avec un savon en poudre dont l'incapacité à mousser est largement compensée par l'effet exfoliant dont il fait preuve, transformant la peau de l'une et l'autre de ses mains en une surface abrasive avec laquelle elle racle la chair et la saleté qui s'en détache vers le bas sous l'effet cryogénique de l'eau qui sort des tuyaux, comme si celle-ci avait parcouru les couches inférieures de la calotte polaire avant de sourdre du robinet, et Joana, qui ne sent plus ses mains, les contemple, toutes blanches, elle se sent de nouveau propre, même si la petite cabine qu'elle occupe pue la merde.

Dépêchons-nous, jeune femme, car vous allez encore passer un long moment ici, venez donc, que je vous mette sous perfusion, et souvenez-vous que le plus rapidement vous sortirez d'ici, le moins vous souffrirez, et Joana essaie d'ouvrir la porte avec ses doigts engourdis par le froid, elle acquiesce, elle arrive, Madame l'infirmière, n'ayez aucune inquiétude, la seule chose qu'elle demande c'est de voir son mari avant l'heure d'avoir le bébé, car le pauvre doit être tout seul dehors, nous n'avons aucun proche à Lisbonne qui puisse lui venir en aide, et souffrir tout seul, c'est déjà pénible, mais souffrir sans nouvelles, c'est horrible, laissez-moi lui dire quelques mots, poursuit Joana, pendant qu'elle s'acharne sur le verrou, qui lui paraît une anguille enduite d'huile, laissez-moi juste le rassurer, puis j'irai avec vous où vous voudrez, vous m'entendez, et pendant qu'elle s'efforce de faire grimper ses paroles par-dessus la porte qui cadre mal dans l'embrasure – un grand classique de l'architecture intérieure des bâtiments publics – la fermeture finit par céder, et les deux femmes se retrouvent nez-à-nez sous la lumière incandescente des toilettes publiques, où toute parole devient elle aussi publique, du fait de sa répétition aseptisée par l'écho.

L'infirmière regarde Joana : on a tout fait ? et Joana répond que oui, sans éviter l'acte involontaire de regarder par terre, comme les enfants quand ils ont peur d'être pris en train de mentir, puis l'infirmière

prend le sac avec les habits de Joana et le lui remet entre les mains, pendant qu'elle se retourne et, sur le même ton de caserne qu'elle a adopté depuis leur première rencontre : suivez-moi, lance-t-elle par-dessus son épaule, il ne manque que le crâne rasé et l'odeur de chair pour que Joana s'imagine dans une autre histoire et dans une autre époque.
Les couloirs par où elle est emmenée ont un sol labouré par les pantoufles, les rampes ont perdu le lustre de leur vernis et il y a des prospectus éparpillés un peu partout, des publicités pour Chicco (on prononce « kiko » en italien et non « Chico », songe Joana) ou encore pour Mustela, avec des bébés très blancs explosant en félicitations à l'adresse de qui déambule là, entre contractions et touchers utérins, des réclames de préservatifs, version cynique du *tu aurais dû y penser plus tôt,* mille et un triptyques évoquant des vitamines, des compléments, des bouillies, des vaccins, avec des statistiques, des graphiques, des pourcentages et une foultitude de termes savants, dont la seule fonction est de donner quelque consistance à la soupe *marketing* qu'on veut inévitablement vous faire avaler, si possible sans réfléchir, ayez confiance en la science, qui chaque jour embrigade les données les plus récentes et les plus concrètes sur les meilleurs compléments alimentaires, le *ginseng* et la vitamine C pendant les années quatre-vingt, le cocktail de vitamine B et l'*aloe vera* pendant les années quatre-vingt-dix, puis, au début de ce siècle, la gelée royale d'abeille,

qui à présent cède du terrain au profit des baies de *goji,* ou d'un fruit exotique de laboratoire d'où on extrait les meilleurs antioxydants du monde, car si les gens ne veulent pas mourir du cancer, pense Joana, ils ne veulent pas non plus mourir laids.
L'infirmière tire un rideau, cinq femmes sont couchées dans une pièce, dans la pénombre, d'un geste elle invite Joana à entrer et à prendre la place disponible sur l'un des lits vides, Joana obéit, grimpant sur le lit, sans difficultés, pendant que les autres femmes, chacune plongée dans son enfer personnel, se tortillent, couchées sur le dos, ajustent leurs ventres magnifiques, que Joana envie tellement, ou bien elles se dressent à genoux sur leur lit, s'accrochant au mur et, de loin, elles ressemblent à des plantes grimpantes turgescentes qui prendraient appui au mur pour s'élever dans l'espace, d'autres encore, sans position définie, gémissent en lâchant des grossièretés qu'elles compensent aussitôt par un *pardon, mon chéri, pardon,* bien qu'elles n'aient aucune compagnie, un réflexe congénital qui les oblige à retrouver la politesse dans laquelle on les a élevées et à donner l'exemple à l'enfant car, comme chacun sait, c'est quand on est tout petit qu'on prend les bons plis, et au train où vont les choses, avec des gamins de douze ans qui sortent déjà le soir, sans acné ni testostérone, poussés par des quantités appréciables d'alcool gaspillé à se faire des mamours, il est très légitime de leur faire la morale avant même qu'ils mettent le nez dehors, pense Joana

sans se rendre compte qu'une aiguille s'enfonce sur le dos de sa main droite, jusqu'à ce que l'infirmière, tenez-vous tranquille, l'effet du médicament va commencer à se faire sentir, je reviens tout de suite, et Joana, mais quel médicament, à quoi l'infirmière déjà à moitié partie, pour accoucher plus vite, et Joana regarde les deux poches de sérum, d'où dégoulinent deux liquides d'apparence semblable, un pour elle, pense-t-elle, et l'autre *pour accoucher plus vite.*
Joana s'appuie au mur, assise sur son lit (troublée de ne pas avoir pensé à aller trouver son mari avant de se soumettre à une attente qui, d'après une légende urbaine, est généralement très longue, elle se reproche une erreur qui n'est ni la première depuis son arrivée à l'hôpital, ni la plus grave), elle attend que les liquides auxquels on l'a accouplée aient l'effet de la faire « accoucher plus vite », suivant l'expression presque scientifique de l'infirmière en dérobade.
Peu à peu, Joana a le sentiment que son ventre a des mouvements involontaires, comme ceux qu'elle avait quand elle a décidé de se rendre aux urgences de la maternité, elle se redresse pendant quelques secondes, et Joana voit avec une certaine satisfaction son petit ventre s'élever jusqu'à ce que la protubérance de son nombril ressemble à un observatoire où l'on pourrait poser le trépied d'un télescope et observer les corps célestes qui, en ce moment même, gravitent tous autour de cet enfant à naître, de cet enfant mort, avec des mouvements de rotation lugubres, les

visages des planètes tournés vers le bas, révérencieux, ils parcourent de tristes ellipses en rejetant hors de l'atmosphère les débris et les offrandes susceptibles d'atténuer le deuil qui ne manquera pas d'arriver, ce sont des points lumineux qui mouchettent le ciel, une lune aux joues très rebondies offrant son empathie dans une tristesse de nacre, un carrousel d'étoiles défilant en synchronie avec les gens qui devront porter le minuscule cercueil en chêne où gît le fœtus, qui n'aura jamais eu d'autre position que celle de l'escargot, pieds et mains confondus, inerte, attendant de passer d'un trou dans un autre trou.

✶

Jorge tient dans ses mains un numéro de *Record* d'il y a quelques jours et il essaie de le lire pour ne pas penser à sa femme qui déambule seule à l'intérieur de la maternité, sans lui donner de nouvelles depuis plus d'une heure, mais il parvient à peine à fixer une douzaine de lettres, où l'on peut lire qu'un des intransférables de Benfica se trouve, en fin de compte, dans la liste des transferts, sans qu'il saisisse, parce qu'il ne parvient pas à atteindre le niveau de concentration requis, de qui il s'agit ni pourquoi, détails sans importance dans l'économie de l'hôpital, mais indispensables pour la constitution d'une mémoire collective du football indigène en général, et de l'institution Benfica en particulier, et pour certains, en raison

d'une déficience dans la structure de contention de la foi, les deux choses ne sont pas distinctes.
Dans un minuscule poste de télévision vissé comme un bouton de fièvre dans l'angle supérieur de la salle de travail, on peut voir une sorte de magazine relatant les conditions de vie des aveugles, les difficultés auxquelles ils doivent s'attendre et qu'ils doivent surmonter, les écoles qu'ils fréquentent, leur manière de nouer et d'entretenir des amitiés, des petits-copains et des petites-copines, et même leur façon très particulière d'apprécier une visite au musée Reina Sofía, à Madrid, toutes ces explications sont débitées par un animateur culturel plein d'enthousiasme, qui souligne les capacités sensorielles amplifiées par la perte de la vue, une sorte de rançon payée par les autres sens, et il appuie sur ces mots, comme s'il venait de produire en direct un morceau de littérature puis, poursuivant au summum de l'enthousiasme, il énumère les rapports étranges qui se nouent dans le tissu du monde lorsqu'il se laisse décliner par les canaux de correspondance de la sensibilité, et Jorge, momentanément absorbé par l'esthétique des aveugles, commence à dériver, car la concentration, en fait, c'est loin d'être simple, c'est comme si on prétendait demeurer immobile, en repos, les yeux fermés, sur un lac gelé bien glissant, chaussé de patins à glace, en un clin d'œil, le vent, un tremblement, et paf, un mouvement, Jorge pense soudain à son fils à naître, sera-t-il aveugle, ou pire, idiot, ou pire encore, immobile

comme un bateau échoué, faudra-t-il le retourner périodiquement pour gratter les croûtes dues à l'ankylose et faire disparaître l'odeur de pourriture, sera-t-il un fils à jamais incapable de dire *bonjour papa, bonjour maman, je suis triste, j'ai faim,* une créature transpercée de tubes par où entrent et sortent, simultanément, des selles liquides et une sorte de pot-au-feu frelaté, un fils qui n'est qu'un morceau de bois séchant au soleil, on le tourne, on le tranche, il sèche encore un peu, on le retourne, on le tranche et Jorge, involontairement plongé au fond de ce puits, où chaque regard découvre une créature plus grotesque que la précédente, sue de la paume des mains, il porte ses doigts à sa carotide pour prendre sa pulsation et vérifier s'il a besoin d'un Victan, en avoir toujours sur soi, car il n'est pas infréquent que Jorge ait besoin de s'éloigner des gens pour être seul, dans quelque salle de bains, et affronter la débâcle de son corps en spasmes de tachycardie ou en montées d'adrénaline, et ce n'est qu'après un – ou deux, ou trois – *victans* qu'il parvient à sortir de la salle de bains, décomposé comme s'il avait pris une raclée, le regard fixe de celui qui considère toujours la face intérieure des choses, puis revenant où il était, il demande : où en étions-nous, et les gens lui résument la situation, en se disant que, sans doute, il doit avoir la tripe impatiente.

Puis il y a ceux, pense Jorge, qui ne sont ni idiots ni des légumes, mais qui vivent dans une autre dimension, ceux-là sont les pires, car ils paraissent, physiquement et en tout, complètement normaux, mais sous l'écorce d'une expression normale, ils cachent un monde intérieur irrémédiablement fermé à l'intersubjectivité des mots, comme on dit à l'université et dans le monde de l'entreprise, et pour lui ces enfants, absolument indiscernables des autres sauf pour un œil averti, sont hantés par des univers unipersonnels qu'on ne peut traduire ni en mots ni en affects, des objets sphériques qui les habitent et qui, peu à peu, entravent leur parole, leur vue, leur volonté, des choses dont ils ne parviennent pas à se débarrasser par le simple témoignage partagé de leur existence et alors, faute d'alternative, ils finissent par s'éprendre de ces choses qui les dévorent de l'intérieur, ils y pensent et les contemplent constamment, pendant que leurs parents, à genoux, implorent la miséricorde d'un regard en retour, et à la fin, quand ils quittent ce monde, c'est en basculant dans celui qu'ils portent à l'intérieur d'eux-mêmes, en devenant ainsi les demidieux d'un univers à l'épaisseur critique d'une bulle de savon.

Jorge comprend finalement le sens des multiples proverbes d'inspiration chrétienne qui veulent que les mains oisives soient les jouets du diable, il s'efforce de secouer les nombreux démons qu'il s'est amusé à nourrir pendant qu'il regardait la télévision, par la lecture d'un journal susceptible d'éveiller en lui un soupçon d'intérêt, même vague, mais suffisamment soutenu pour être la corde qui lui permette de sortir du puits vertigineux au fond duquel il est descendu, verticalement, comme dans le poème de Cesariny*, et peu à peu, la montée du prix du pétrole et le violeur de Telheiras** s'emparent du cerveau de Jorge, qui parvient ainsi à épancher son monde au-delà du périmètre de l'intériorité, où n'existent que deux organes actifs : le cœur et l'abîme où le cœur tombe parfois. Le public de la salle d'attente, sidéré par le point de fuite de la télévision dans son numéro de bougie magique, entre et sort à la recherche du réconfort de la nicotine, les hommes reçoivent des appels téléphoniques auxquels ils répondent entre l'apothéose de l'attente et le paroxysme de l'ennui, selon le temps qu'ils ont passé pliés sur leur chaise en train de faire des parties d'Angry Birds Rio Free, sans avoir le courage de dépenser quatre-vingt-dix-neuf centimes pour débloquer quarante niveaux supplémentaires, car au prix où sont les choses, un euro c'est un euro, et si jamais le gosse naissait au niveau cinq ou six, alors j'aurais cédé à une impulsion adolescente, et ils se tiennent là indécis, tripotant toutes les fonctions de leur portable afin de pouvoir un jour, accablés d'angoisse, actionner l'option du menu caché qui permet d'arrêter le temps pour sauver une femme en danger et alimenter ainsi le pompier ou le gendarme qui sommeille en eux depuis l'enfance, car telles sont les fantaisies qui bouillonnent dans la marmite de l'inconscient collectif et qui alimentent

* Mario Cesariny (1923-2006) poète portugais d'inspiration surréaliste.
** Quartier du nord de Lisbonne.

transversalement tous les hommes qui sont là pour recevoir, par l'intermédiaire des femmes qu'ils ont fécondées, le don de la vie, enveloppé dans du coton de qualité moyenne, qu'ils emporteront dans leurs bras, tendus comme s'ils allaient transporter de la nitroglycérine.
Où est-elle et comment peut-elle aller, pense Jorge, si je pouvais lui donner ma main à mordre entre les contractions, comme ce collègue qui exhibait, tout fier, cinq points de suture et un vaccin anti-tétanique complémentaire, je serais prêt à porter un bandage à la main pendant quelques mois, pourvu que cela se rapporte à la solidarité conjugale dont on parle tant mais dont on n'a jamais vu le moindre exemple concret, voilà les choses dont s'alimente le brasier de l'amour, ou du respect, mais l'âge nous apprend peu à peu que l'un ne se distingue pas plus de l'autre que l'avers du revers de la médaille et, lancé dans ces réflexions, le cœur hérissé, sorti du puits, Jorge parvient à avoir un peu de paix, dont il se nourrit pour attendre un bloc de temps supplémentaire d'avoir des nouvelles de sa femme et le signal qu'il peut se rendre en salle d'accouchement, pour y être mordu.

*

Joana avait déjà entendu parler du toucher vaginal en mauvais termes, mais en réalité Joana avait déjà entendu parler de presque tout ce qui peut arriver

dans une salle de travail ou dans une salle d'accouchement et très peu de ce qu'elle avait entendu était positif, par conséquent, quand une infirmière, en passant auprès d'elle, lui ordonne d'écarter les jambes, Joana sait très bien pourquoi on lui donne cet ordre, qu'elle ne s'empresse pas d'exécuter et, lentement, se traînant sur le lit comme si elle avait mal au dos, elle s'installe tant bien que mal, jusqu'à ce que, ne pouvant plus procrastiner, elle se positionne pour que l'infirmière, impatiente, lui explore le col de l'utérus du bout des doigts, et dès qu'elle retire sa main, trois doigts, dit-elle, une broutille, pendant que Joana se recompose, refermant ses jambes, et l'infirmière s'éloigne, retirant le gant de latex qu'elle jette dans un sceau jaune qui leur sert de cimetière.
Pendant que Joana est lucide et libérée du spectre de la souffrance, elle regarde autour d'elle (une pièce à deux entrées, dans la pénombre, avec plusieurs lits à roulettes, chacun occupé par une femme enceinte qui cherche sans répit la meilleure position pour faire disparaître ses douleurs d'un coup), le spectacle d'ensemble, vu par une coparticipante passive, est comme un casting pour le dernier Fellini, où chaque postulant a carte blanche pour employer toute son expressivité afin d'obtenir le rôle, tous font d'incroyables efforts, pense Joana, tous font d'incroyables efforts et moi, lamentable, avec mon abdomen qui vibre de façon aléatoire, comme un portable, sans la moindre douleur, sans inconfort, une privilégiée à qui il est

donné de faire un passage en maternité comme pour un premier essai, et Joana ne peut s'empêcher d'envier ces femmes qui se débattent parmi les grossièretés, les insultes adressées au mari absent, qui crient à pleins poumons, à qui veut les entendre, tuez-moi, ou bien débarrassez-moi de cette merde, et ça c'est la vie, pense Joana, ça c'est le sommet de la courbe ascendante d'une vie de femme, le point où on atteint enfin la limite de l'équation $f(x) = x^2$, bien sûr que se produisent alors les choses les plus étonnantes, la matière impose ses propres règles, les rapports se fracturent sous le poids du ressentiment, il faut enchaîner les gens à leur fauteuil pour qu'ils n'arrachent pas les perfusions qui les maintiennent hydratés et pour qu'ils ne mordent pas les médecins ou les infirmières, qui chaussent leur gant pour un nouveau toucher, mais Joana ne parvient pas à cette étape, elle n'y parviendra jamais, pense-t-elle, et tout ce qu'elle retirera de son expédition, c'est le fantasme d'avoir vu la souffrance d'autrui, et c'est à ce moment précis qu'elle décide, sans beaucoup réfléchir, contrairement à son habitude, qu'elle va tenir la main de la femme la plus affligée qu'elle trouvera dans la pièce, car ce sera sa manière à elle de parvenir à la souffrance qu'elle cherche, et d'adoucir celle d'autrui.

Joana prend le sac noir et le glisse sous son lit, elle se lève puis, empoignant le tube de la perfusion intraveineuse, elle se dirige vers le lit le plus proche, des gens entrent d'un côté de la pièce, sortent de l'autre, de ce tumulte résultent des évaluations, des touchers, des interrogations brusques, auxquelles chaque souffrance offre son capital disponible de réponses, à côté de Joana, une femme à peu près de son âge se débat sur son lit, respirant profondément, en proie à quelque accès de paix transitoire qui lui desserre les muscles du visage, en une détente de *botox*, pour aussitôt subir une contraction, le corps tout crispé sous la férule d'un souffle entrecoupé, qui retombe parfois en gémissement ou en une phrase marmonnée qui ne parvient pas à sortir de sa bouche, Joana lui donne la main, que la femme accepte simplement en s'y agrippant de toute sa force, jusqu'à ce que la contraction passe puis, dès que c'est le cas, elle s'agenouille et Joana, de sa propre main nue, essuie la sueur du front, la femme, qui ne connaît pas Joana et ne cherche pas à la connaître autrement que comme une main généreuse qu'elle pose sur sa poitrine, se contente de sourire modérément, car elle doit garder des forces afin de pouvoir supporter dans quatre minutes une nouvelle explosion intérieure, Joana reste là, sentant contre le dos de sa main le battement cardiaque de la femme, à travers lequel on peut prédire l'imminence d'une nouvelle contraction, Joana profite de l'accalmie pour nettoyer avec un coin de sa blouse le front de la femme, celle-ci la remercie d'un sourire, aucun mot n'est échangé entre elles, juste l'implicite compréhension de ce que deux corps peuvent déchirer le voile qui, en règle générale, empêche les

corps d'avoir conscience de la présence d'autrui, car les corps, tout comme les esprits, sont des centres-du-monde, aveugles à l'existence, au demeurant peu naturelle, d'autres centres, il n'y a que les cœurs, rapidement contaminés par la solitude qui creuse en eux une carie que chacun s'efforcera toute sa vie de combler, pour convaincre l'animal qui est en nous, d'aller lécher la main étrangère ou de partager la gamelle.
La femme, tiraillée par une contraction qui ne veut pas passer, s'agrippe de toute sa force à la main de Joana, des larmes tombent de ses joues rosies par l'afflux de sang, qui implorent en silence la fin du supplice : je n'en peux plus, ose-t-elle dire tournée vers le mur avant de mettre ses doigts dans sa bouche puis de les mordre furieusement, Joana la regarde, elle lui demande des yeux de desserrer l'étreinte sur sa main et la femme, effrayée, relâche peu à peu, sans savoir au juste ce que cette étrangère est venue faire là, ni pourquoi elle repart, elle relâche et, dès que Joana a les doigts libérés, elle avance dans la pièce, elle sort, dans le couloir, elle trouve une infirmière : excusez-moi, Madame l'infirmière, il y a là-bas une dame qui est sur le point d'avoir son bébé, elle a beaucoup de douleurs, suivez-moi pour qu'on puisse l'emmener, et l'infirmière, qui daigne à peine la regarder, scandalisée par une approche si hétérodoxe, où est le lit de la dame, allons-y jeune femme, avant que tout le monde l'oublie, qu'elle ait son bébé au milieu du couloir et qu'elle doive le protéger des pas de ceux

qui ont des choses à y faire, venez, allons, l'attrapant par le bras, elle emmène Joana à l'intérieur de la pièce, ce dont Joana lui est reconnaissante puisque, malgré l'intention et le moyen employé, c'est le résultat qui compte, pense-t-elle, mais en entrant elle s'aperçoit que la femme est partie, et elle ne peut faire autrement que de remonter dans le lit, sur ordre de l'infirmière, qui ne peut s'empêcher de vérifier l'évolution de l'accouchement de Joana par un nouveau toucher, dès qu'elle apprend que Joana est là depuis une heure, elle dit qu'elle va chercher le médecin pour qu'il augmente la dose d'ocytocine car, d'après les comptes de l'infirmière, vous n'allez pas y passer la journée, dit-elle, de plus, où allons-nous trouver des lits pour tout le monde, si on commence à accoucher à ce rythme tropical, il faut s'activer Mesdames, elle tourne le dos à Joana comme pour distribuer un encouragement général, il faut s'activer, lance-t-elle à la cantonade puis, chaussant une paire de gants neufs, elle en profite pour enfoncer ses pognes dans tous les vagins qu'elle croise, cherchant un col d'utérus suffisamment dilaté pour inaugurer une nouvelle séance de cris au bloc des naissances.

Tandis que Joana est assise sur le lit, à attendre que les timides contractions qu'elle ressent se transforment en vagues qui pourront faire échouer sur le sable le prémort-né qu'elle n'oublie pas qu'elle porte (je suis un vaisseau-fantôme, un navire de guerre mal équipé, je transporte la peste et je sèmerai la destruction dans toutes les villes du monde non encore dominées par la prudence et les antibiotiques, où la fièvre alimente l'imagination en pépites d'or, où surtout les regards dessinent le portait d'un navire sans équipage, abandonné à son sort mais gravide d'un fléau inouï, que les niais prendront pour un trésor), des infirmières vont et viennent, elles s'occupent des cinq femmes aux contractions asynchrones, l'une dit qu'il faut un peu plus de ceci, l'autre déclare qu'elle va faire une méchanceté puis elle plonge ses doigts dans le vagin d'une femme livide, jusqu'à toucher la poche des eaux qu'elle rompt d'un coup, et la femme, étonnée, fuse en un jet d'eau qui atteint le pantalon du médecin avant de perdre en puissance pour faire flaque par terre comme sur le lit, une employée assortie de son seau ne manque pas de venir rincer le sol, désapprouvant de la tête le bordel dans lequel la salle d'attente est en train de se transformer, envahie par des flux venus de toutes parts, le médecin sidéré continue de contempler son pantalon, vous avez vu ce qu'elle m'a fait, dit-il à l'infirmière, qui contient à grand-peine un éclat de rire, freiné par l'organe de la hiérarchie, vous avez vu, dit-il, dégoûté, quelle odeur, une odeur d'embruns, dit l'infirmière, si au moins elles savaient se tenir ou si elles restaient chez elles pour accoucher, conclut le médecin, puis il sort avec fracas, s'efforçant de nettoyer son pantalon avec un *kleenex*, pendant que l'employée consent à prêter un chiffon sale à la femme enceinte dont le lit a été

aspergé, non sans déclarer, du haut de sa fonction, ça s'appelle reviens.
Joana commence à ressentir des douleurs plus contendantes quand une des poches de sérum s'approche de la fin, elle commence elle aussi à songer, de façon irréfléchie, qu'il faut qu'elle trouve une position plus confortable pour quand viendra le moment, et un médecin entre, il s'approche avec une infirmière, puis il demande : c'est cette dame ? l'infirmière acquiesce de la tête, on va regarder, dit le médecin, il chausse un gant, met les jambes de Joana en position, couchez-vous sur le dos, dit-il, puis il insère sa main dans le vagin, fronçant les sourcils, car lorsqu'on cherche quelque chose avec ses doigts, les sourcils sont normalement le sismographe qui indique si la recherche est efficace, Joana se tord sur le lit, une réaction naturelle de défiance parce qu'un corps étranger fouille, sans la permission du plaisir ou de la nature en acte, son vagin jusqu'au col de l'utérus, ce gosier d'oie dans lequel on mesure le temps qu'il reste pour la naissance, tenez-vous tranquille où vous allez vraiment avoir mal, avertit le médecin, puis fatigué de gratter sans trouver ce qu'il veut, il retire sa main, son gant, et dit, trois doigts, cela fait trop longtemps qu'elle est comme ça, infirmière, il se retourne, augmentez l'ocytocine pour voir si cette dame se décide à vouloir rentrer chez elle, et l'infirmière, en phase avec l'évaluation, sort de la pièce avec le médecin, pendant que Joana tente de s'asseoir de nouveau

sur le lit et que toutes les autres femmes gémissent ou se préparent à gémir.
Dans un coin, Joana reconnaît la gamine qu'elle a vue tout à l'heure dans la salle d'attente, avant d'être appelée, elle est tournée contre le mur mais on voit bien que c'est elle, à son dos immature et sans défense, et Joana descend à nouveau du lit traînant sa perfusion, elle s'approche, la gamine est recroquevillée en escargot sur son lit, elle pleure, de façon ininterrompue, avec ou sans contraction, Joana lui prend la main, comme elle a déjà fait, la gamine tourne légèrement la tête pour suivre cette marque étonnante d'affection et, quand elle reconnaît Joana, dans la pénombre, elle sourit, elle ose sourire, un petit rayon oblique qui naît comme une plante grimpante en quête de lumière entre la cime des larmes et les tremblements du corps, Joana serre un peu plus la main, *je suis là,* veut-elle dire, *je suis ici avec toi, tout va bien se passer, je te promets,* et la gamine répond en serrant la main à son tour, elle se souvient, pense Joana, c'est bien elle et elle se souvient : il y a combien de temps que tu es là, demande Joana, sans que la gamine parvienne à répondre, à cause des douleurs qui l'assaillent, une vague qui manque de la faire se dresser sur son lit, n'était l'ancre de la main de Joana, puis dès qu'elle se calme et que sa respiration reprend son cours, je ne sais pas, répond-elle, pas mal de temps, j'ai très mal, mais les médecins disent qu'il est encore tôt, ils ne me font pas de péridurale, ils disent que je

suis trop jeune, tout d'un coup son visage se contracte de nouveau et l'on n'entend plus que la soufflerie asthmatique de sa respiration, puis un gémissement annonçant la fin de la souffrance et la sueur qui relâche les mains des deux femmes : calme-toi, dit Joana, je vais rester ici avec toi, il ne va rien t'arriver, je te promets, on va faire ça ensemble, c'est promis, et la gamine, qui n'a pas cessé de pleurer, se tourne vers Joana, profitant de la lucidité qui accompagne l'apaisement de la douleur, elle lui dit : prenez-le, je sais que vous serez une bonne mère, prenez-le car moi je ne peux pas, ma mère m'a déjà mise à la rue, elle soupire, sentant une nouvelle vague, encore lointaine, prenez-le, vous en aurez deux, vous ne voulez pas en avoir deux, demande-t-elle, je vous le donne, je n'en ai jamais voulu, le vôtre c'est un garçon ou une fille, un garçon, dit Joana, effrayée, vous voyez, quelle chance, moi c'est une fille, ahhhh – la douleur –, vous repartirez avec un joli petit couple, Joana ne répond pas, elle commence à dégager sa main, mais la gamine ne se laisse pas faire, la contraction survient en un abordage inattendu, le corps gracile de l'adolescente vibre jusqu'à ce que l'énergie se dissipe, et la gamine, se tournant de nouveau vers Joana, prenez-le, dites-moi que vous le prenez, on s'occupera de tout ici, des faux jumeaux, ça arrive, non, Joana retire sa main tout d'un coup, puis elle s'éloigne du lit, reculant pendant qu'elle continue à la fixer, elle dit, pour elle-même plus que pour être entendue de la gamine, qui pressent

un nouvel assaut qu'il faudra bien souffrir en se contorsionnant : j'ai déjà le mien, répète Joana, j'ai déjà le mien.
Joana ne parvient pas à cesser de regarder la gamine, repliée sur elle-même, tordant le cou autant qu'elle peut pour continuer à la suivre des yeux, ceux-ci l'implorent d'accepter ce cadeau inespéré, et Joana recule, pas à pas, les mains projetées en arrière, tentant d'atteindre le lit pour soutenir le vertige de la pièce, les chaussons, qui n'ont pas été conçus pour du *moonwalking*, lui glissent des pieds, le sol est froid, glissant, et avant qu'elle parvienne à trouver l'appui qu'elle cherche, à reculons, elle se retrouve par terre, les jambes projetées en l'air au moment où ses pieds atteignaient la zone qui a été aspergée il y a peu par la rupture des eaux, elle tombe sur le dos et reste à terre une minute, aucune des femmes ne semble avoir remarqué, ou prêté attention, la gamine est tournée vers le mur, je ne me suis pas fait très mal, pense Joana en se tâtant le corps à la recherche d'une douleur cachée, puis, peu à peu, elle se relève, se palpant aux endroits où la mémoire du sol commence à se manifester, rien de grave, répète-t-elle pour elle-même, juste un faux pas, le sol mouillé, cette satanée gamine avec son délire bizarre, et ce n'est que lorsqu'elle regarde sa main gauche qu'elle comprend que la perfusion a sauté et que de longs jets de sang barbouillent le sol, avec des motifs qu'un Pollock ou un Dexter n'auraient pas reniés.

Enfin assise sur le lit, elle enroule un morceau de drap autour de sa main gauche et se prépare à attendre que quelqu'un la remarque dans cet état, elle ne veut surtout pas attirer l'attention, être obligée de se répandre en excuses infinies pour avoir eu l'audace de cheminer six pas en dehors de l'inconfort de cette planche matelassée, peut-être que cela va s'étancher rapidement, pense Joana, et que je pourrai me laver la main, je dirai qu'il n'y avait plus de sérum et que j'étais persuadée qu'on ne doit pas porter une perfusion vide, je l'ai vu dans plus d'un film, l'air peut entrer dans les vaisseaux sanguins puis il provoque une embolie quelque part et c'est un poumon en moins, ou la moitié du cerveau et toute la jugeote, par précaution, s'entraîne-t-elle, j'ai moi-même retiré l'aiguille, mais j'ai peut-être fait quelques taches ici et là par inexpérience et fébrilité.

Pendant que Joana, couchée sur son lit, la main enveloppée dans un drap gonflé de sang, répète son excuse pour quand commencera le jeu des questions, une infirmière, entrée par la porte située à ses pieds, marche sur le sang de Joana et, sentant ses *crocs* coller au sol, elle retourne sa semelle pour comprendre ce qu'il peut bien y avoir au sol qui s'est entiché de ses sabots, comprenant vite que c'est du sang, elle appelle aussitôt une de ces femmes parias à seau et serpillière pour qu'elle nettoie avant que quelqu'un tombe, ou pire, puis cette affaire une fois réglée, elle arpente la pièce à la recherche de la cinglée qui a arraché sa perfusion pendant qu'elle maudissait son mari, elle ne trouve que Joana, la parturiente la plus calme, celle qui n'a pratiquement pas de douleurs, ni la moindre attache aux deux sacs de sérum mentionnés sur sa fiche clinique.

Qu'est-ce que c'est que ça, paternalise l'infirmière, la jeune femme ne voit pas qu'elle a besoin de la perfusion pour ne pas défaillir de faim, ou de l'effort qu'elle va devoir fournir ? Qu'est-ce que vous voulez ? Avoir votre bébé en dormant ? Ainsi traitée, Joana se recroqueville encore plus sur son brancard : ce n'est pas ma faute, lance-t-elle tout bas, je suis tombée, si vous êtes tombée c'est votre faute, non ? interroge l'infirmière, sans vraiment attendre de réponse, pendant qu'elle prépare de nouveau la tubulure et qu'elle cherche dans le bras de Joana un point où poser l'aiguille, vous ne devez pas sortir de votre lit, vous savez bien, mais je n'ai pas fait exprès, j'étais en train de remonter dans le lit et je suis tombée, les forces m'ont lâchée, voilà pourquoi il ne faut pas sortir du lit, insiste l'infirmière du ton de voix de qui doit répéter l'évidence avec méthode, je m'excuse, je ne le ferai plus, bien sûr que non, ma chérie, mais comme vous avez interrompu le traitement, le bébé va mettre plus longtemps à naître et ça, ce n'est bon pour personne, en effet, dit Joana, en effet, et qu'est-ce que c'est que ce sac de vêtements sous votre lit, vous n'avez personne dehors à qui le confier, interroge l'infirmière, pendant qu'elle prend le sac poubelle où gisent les affaires de Joana, si, j'ai mon mari, répond Joana embarrassée, mais y a-t-il un problème si le sac reste là, bien sûr, ma chérie, imaginez qu'on le vole, de plus vous ne pourrez pas l'emporter en salle d'accouchement, quelqu'un peut le voler pendant que vous serez en train d'avoir votre gamin, en effet, vous avez peut-être raison, je n'y avais pas pensé, bien sûr que non, ma chérie, c'est pour ça que nous sommes là, conclut l'infirmière, pendant qu'elle vérifie l'état des garrots en s'assurant de la bonne intensité du flux qui s'écoule des poches suspendues, puis, jetant à terre une paire de chaussons, chaussez-moi ça, ordonne-t-elle, et venez avec moi donner ce sac de vêtements au petit mari, vous aurez l'occasion de lui faire un bisou avant l'accouchement proprement dit, vous voulez qu'il assiste, ma chérie, oui, répond Joana, pendant qu'elle chausse ses chaussons, elle approche son pied de son ventre, formant un angle aigu avec son genou, afin de ne pas blesser le bébé, vous avez raison, poursuit l'infirmière, avant les sacripants se débinaient, leur femme allait accoucher et eux, ils ne dessaoulaient pas pendant trois jours, de joie si c'était un garçon, de tristesse, si c'était une fille, vous avez raison, ma chérie, et l'infirmière lui tend la main pour l'aider à descendre, venez avec moi, allons trouver le petit mari, Joana se met aussitôt en marche, mais l'infirmière la freine, votre petit sac, ma chérie, votre petit sac, vous ne voulez tout de même pas que je vous le porte, j'ai déjà eu trois enfants, la grossesse n'est pas une maladie, allez le chercher, s'il vous plaît, Joana revient sur ses pas et, infantilisée par le ton de la conversation, quand elle sort de sous le lit son sac à la main, elle a l'air d'une femme de ménage d'un pays encore plus pauvre que le sien. À travers les couloirs, Joana doit porter son sac noir et traîner par les tubes les poches de sérum suspendues la tête en bas aux crochets du trépied, elle y parvient tant bien que mal, parce qu'elle n'a pas trop de douleurs, pense-t-elle, autrement je me jetterais par terre, pense-t-elle et, décidée, je ne bougerais pas avant que quelqu'un me débarrasse de ces fardeaux, mais l'infirmière, qui a trois ou quatre pas d'avance, dépêchons-nous jeune femme, dépêchons-nous, on n'a pas toute la journée, Joana fait la sourde oreille, dépêche-toi toi-même, pense-t-elle intérieurement, dépêche-toi toi-même, je ne vais pas y laisser mes poumons juste parce que Madame veut finir son tour de garde à l'heure, c'est bondé ici, de gens, de lits, de machines, une chute provoquerait une embolie, gripperait la machine à cracher des bébés, juste parce qu'une grosse infirmière se fracture le fémur dans un couloir étroit, ou bien parce que deux lits s'emboutissent dans un coin, voilà qui serait drôle, pense Joana, et l'infirmière devant elle, arrivée à une bifurcation, s'arrête, attend Joana, qui a déjà six pas de retard, on se dépêche, jeune femme, elle regarde sa montre, on se dépêche, Joana acquiesce de la tête puis, lorsqu'elles tournent à gauche, Joana reconnaît la porte par laquelle elle est entrée et, de l'autre côté, Jorge, assis, accroché à son

portable, la jambe tremblante, comme ça lui arrive quand il est nerveux.
Joana ne veut pas entrer dans la salle d'attente vêtue seulement d'une blouse qui ne la couvre que partiellement, toute nue en dessous, elle ne veut pas augmenter son pécule d'humiliations, aussi appelle-t-elle son mari à la porte, tout bas : Jorge, dit-elle, Jorge, mon amour, viens ici, mais il est accroché à son portable, il doit avoir achoppé sur la lecture d'un blog de gauche, on devine qu'il bout intérieurement, il ne voit plus rien d'autre, salauds de communistes, je l'entends d'ici, Jorge, insiste Joana, un peu plus fort, et l'infirmière, vous en avez encore pour longtemps, Jorge, viens ici, c'est moi, mais Jorge ne décolle pas les yeux de l'écran, et l'infirmière passe devant Joana, lui arrache le sac des mains, donnez-moi ça, puis elle entre dans la salle d'attente, à la rencontre de Jorge, qui reçoit le paquet sans explications, juste une infirmière qui lui tend un sac-poubelle : gardez-le, c'est à vous, c'est le sac de votre femme, et tout d'un coup Jorge se met à pleurer, parce qu'il a dû comprendre qu'il m'est arrivé quelque chose, l'infirmière gesticule, elle lui pose les pognes sur les épaules en faisant non de la tête, pendant que Jorge se liquéfie en une interminable cataracte, et moi je n'y tiens plus, tant pis pour la fente, rien qu'on ait pas vu jusqu'à l'exhaustion, à en perdre le désir et le charme, j'entre dans l'arène, avec mon trépied de perfusion en guise de sceptre impérial, moi qui vais enfanter, je vous salue,

et Jorge bondit de sa chaise pour m'embrasser, tu es vivante, il me couvre de baisers, pendant que j'essuie ses yeux, baignés de larmes.

Joana, j'ai eu si peur quand j'ai vu le sac noir, je sais, mon chéri, je sais, mais raconte-moi tout, tout va bien, je n'ai pas de douleurs, ils sont en train de provoquer l'accouchement, mais tout va bien se passer, demande-t-il, bien sûr que tout va bien se passer, tout se passe toujours bien, ne t'inquiète pas, quand ce sera le moment, je te ferai appeler, bien sûr, je veux t'aider, bien sûr, chaque chose en son temps, et ils se disent ces choses les yeux dans les yeux, véhicule par lequel la vérité et le mensonge voyagent le plus rapidement, ils se prennent les mains, tiens, tu es perfusée, dit Jorge, eh oui, ils se regardent en un silence amoureux, à peine interrompu par quelques remarques sur la qualité du traitement dont Joana fait l'objet, ils parlent des vêtements ridicules, du retard accumulé sur plein de choses, de combien tout ça est magnifique dans les détails, jusqu'à ce que l'infirmière, fatiguée d'attendre, allez, faites-lui un petit bisou, un petit au revoir, dans un moment vous serez trois, préparez-vous, maintenant on doit y aller, elle sépare leurs mains pour emmener Joana, ce n'est que quand elles se retournent que Jorge comprend que sa femme est à moitié nue et, sans savoir pourquoi, il a honte, au point de baisser les yeux, il manque le dernier regard que Joana lui envoie, depuis la porte, en faisant passer le trépied de la perfusion.

Si Jorge avait vu le dernier regard de Joana, il saurait qu'elle lui a menti, qu'elle cache quelque chose, qu'elle n'a pas dit toute la vérité. Jorge connaît Joana comme il connaît la nature en général, qui obéit à des règles presque toujours cohérentes et simples. La dernière fois qu'il est allé chez le médecin, Jorge a passé toute la consultation à dire que presque tout allait bien, juste une légère douleur dans le dos, un rien, qui se manifestait quand il toussait, sans doute les restes d'un rhume tenace, quelque chose de tout à fait supportable, et le médecin, après l'avoir ausculté et lui avoir posé des questions sur tout et sur rien, allant jusqu'à parler de la survie de l'euro par ces temps de crise et de ses actifs dans cette monnaie à l'avenir incertain, a fini par lui dire de se relever pour la fin de la consultation, qui avait déjà duré cinquante minutes sans parvenir à dépasser la description du léger élancement au probable dénouement autonome, mais Jorge s'est levé très lentement, il donnait en marchant l'impression de se contenir pour ne pas déféquer, sur quoi le médecin l'a interrogé, mais dites-moi un peu, est-ce que vous avez mal quelque part, et Jorge de répondre, maintenant que vous le dites, debout, je crois que j'ai une douleur à l'anus qui m'empêche presque de marcher, le médecin l'a alors fait allonger sur le lit, lui a crevé une thrombose hémorroïdaire puis l'a renvoyé chez lui tout content, ne se plaignant même plus du dos, Joana, dans son dernier regard lancé à Jorge, sans correspondance, disait la même

chose, j'ai une douleur hémorroïdaire, quelque chose qui m'empêche de marcher, une douleur secrète, mais Jorge, honteux d'être le mari de la femme dont tout le monde a vu le cul, n'a pas levé les yeux, et il n'a pas pu comprendre le message que sa femme lui adressait depuis l'embrasure de la porte.
Au retour, Joana suit la matrone qui débroussaille le chemin en saluant collègues, supérieurs et subordonnés, s'arrêtant ici ou là pour se mettre à jour des derniers potins : sais-tu que Teresa, celle du troisième étage, celle qui est en arrêt à cause de son fémur, elle a mis sur Facebook des photos d'elle au ski, j'y crois pas, ma parole, et on voit aussi son mari qui la porte à l'intérieur du chalet en faisant un clin d'œil coquin, mais ce n'est pas celle qui se disait quasi asexuée, n'y goûtant que pour les fêtes, une fois l'an, si ça se trouve, la neige pour elle c'est fête, comment peut-on abuser à ce point, je ne sais pas, mais on dirait vraiment que les gens veulent être pris et sanctionnés, on dirait en effet, à toute, puis elle rencontre une autre infirmière, avec qui elle discute du manque de conditions de la salle de réunion du syndicat, on ne peut pas continuer à se réunir comme ça, il vaut mieux aller chez l'une d'entre nous, et aussitôt ça tourne à la rigolade, on achèterait des bières et du vin, comme ça le compte rendu serait beaucoup plus – comme disait la déléguée syndicale lors de la formation –, assertif, oui, c'est ça, assertif, le compte rendu serait tellement assertif qu'on serait toutes virées le lendemain, voilà

qui serait top, à qui le dis-tu, à toute, bises, et pendant que l'infirmière met à jour son relationnel, Joana, debout, accrochée au mât porte-perfusion, commence à éprouver de plus en plus de douleurs, les vagues espacées de quinze minutes déferlent encore doucement, juste ce qu'il faut pour qu'elle mouille les pieds sans fuir, mais il y a déjà une puissance en quête d'actualisation, une énergie qui bientôt l'obligera à souffrir dans l'inconfort et la recherche entêtée d'une position dans laquelle la douleur ne ferait que passer en touriste, on verra bien, pour l'instant, l'infirmière, qui était il y a peu le lapin blanc d'Alice parcourant les couloirs de l'hôpital l'oignon à la main, est maintenant le contraire, ne perdant pas une occasion d'arrêter le moindre passant pour jacasser, effleurant seulement les questions professionnelles pour se complaire longuement et cruellement sur le cœur même de l'infirmerie, ragots et médisance, c'est inévitable dans tous les milieux professionnels, pense Joana, puisque le bien est, en règle générale, beaucoup moins intéressant que le mal, même lorsque celui-ci est inventé de toutes pièces.

Revenue en salle de travail, Joana regarde autour d'elle, les femmes continuent leur travail d'attente, l'infirmière lui dit de remonter sur le lit, Joana obéit, lentement : couchez-vous sur le dos, ma chérie, dit l'infirmière, écartez les jambes et regardez le plafond, je vais voir comment coule la perfusion, Joana fait ce qu'on lui dit, elle regarde le plafond, et le plafond la regarde à son tour : Joana, dit-il, qu'est ce que tu fous, tu te prépares à ce moment depuis des années, tu as acheté des piles de livres, tu as suivi les cours de respiration, ceux pour accoucher sous l'eau, ceux pour allaiter sans avoir de vergetures, et voilà que tu te laisses bousculer dans les couloirs, tu pues la débutante, tu acceptes que la première imbécile en tablier se superpose à ton jugement éclairé, alors que tu devrais garder le contrôle de la situation, maîtriser le temps, c'est ton gamin, quel que soit le pouvoir de ces gens sur la façon dont tu l'auras, tu as celui de l'identité et de la maternité, et te voilà totalement désemparée, au point qu'un plafond te donne des leçons de morale, Joana, d'après un procédé théâtral chipé à un Saramago quelconque que tu gardes dans un tiroir de ton subconscient, reprends-toi Joana, reprends le contrôle de ta vie, ou bien c'est ta vie qui ira à vau l'eau, entre les vagues et les rochers, Joana, et alors tu sais bien ce qui t'attends, n'est-ce pas ma chérie, la voix du plafond devient soudain celle de l'infirmière, on est au même stade, ma chérie, dit-elle, trois doigts, il n'a pas l'air pressé de sortir, n'est-ce pas, mais bon, on ne voit pas non plus où il pourrait aller, n'est-ce pas, ma chérie, et quand Joana se redresse sur le lit pour regarder autour d'elle, elle n'y parvient pas, parce qu'elle découvre qu'elle a des sangles de contention attachées aux poignets.

Qu'est-ce que c'est que ça, infirmière, pourquoi est-ce que vous m'avez attachée, de quel droit ?

Ma chérie, continue l'infirmière, je suis obligée de veiller à votre sécurité et à celle des autres parturientes,

Veiller à quoi ? Vous croyez que je suis une menace ? Interrompt Joana, pendant que l'infirmière poursuit, sans infléchir la voix,

c'est pourquoi je ne vais pas risquer que vous vous blessiez, ou que vous blessiez le bébé, ou les autres parturientes, ou que vous arrachiez votre perfusion,

Je n'ai pas fait exprès, infirmière, je suis tombée,

précisément, que vous tombiez et que vous arrachiez la perfusion, que vous vous promeniez ici comme si c'était une colonie de vacances, je vous conseille de vous calmer, de prendre une bonne respiration, pendant que les médicaments font leur effet afin qu'on puisse vous emmener en salle d'accouchement, et Joana, très rouge,

je vais crier jusqu'à ce qu'on me sorte d'ici, vous entendez, je connais mes droits,
l'infirmière s'approche de Joana, autoritaire, allez-y, ma chérie, allez-y et je vous endors avec une dose si forte que, quand vous vous réveillerez, le gamin ne vous reconnaîtra même pas comme mère,

vous n'en êtes pas capable, dit Joana allongée sur le lit, immobile, sans conviction,

essayez, ma chérie, et vous n'aurez pas la chance d'assister à l'accouchement le plus calme fait dans cet hôpital, une césarienne sur une mère endormie, c'est tellement tranquille pour tout le personnel qu'il nous arrive de prier pour que la mère ait un avécé à force de pousser, l'infirmière termine sa phrase tout près de l'oreille de Joana, en murmurant, puis elle se redresse, doucement, elle règle le sérum et note quelque chose sur la fiche de Joana, lui tournant le dos, pour disparaître par la porte.

Couchée et démunie, Joana n'a personne, sauf le plafond, à qui parler, et le plafond semble vouloir descendre près de son visage, comme le visage rebondi de l'infirmière, pour lui murmurer à l'oreille : Joana, pauvre buse, tu t'es bien fait avoir par les bonnes paroles de l'infirmière, ma chérie par-ci, ma chérie par-là, et toi, godiche, te voilà clouée au lit par les bras, attendant qu'on vienne te délivrer, ou que tu accouches ici-même, sans Jorge pour te tenir la main, comme une daurade prête à pondre, tu es une grande naïve, ma petite Joana, tu croyais vraiment impressionner quelqu'un ici en ayant appris par cœur le Wikipédia de la grossesse, Joana, ici c'est le monde pratique, ma chérie, tout le monde se fiche bien de ce que les femmes enceintes peuvent savoir, parce qu'elles sont censées ne rien savoir du tout, Joana, elles sont censées obéir au doigt et à l'œil à tout ce que décide le médecin ou l'infirmière, voire même l'aide-soignante, et lorsqu'ils tombent sur une effrontée comme toi, qui veut à tout prix la ramener, ils en deviennent tellement enragés, Joana, qu'ils n'ont de cesse qu'ils ne l'aient attachée avec une telle quantité de sparadrap que la pauvre créature se trouve complètement empêchée de bouger et de parler, Joana, comme toi en ce moment, tu piges, et Joana, écœurée par la conversation, ferme les yeux et ouvre la bouche : tais-toi, crie-t-elle, tais-toi à la fin, et, ne pouvant crier qu'on la sorte de là, parce qu'elle a peur d'accoucher endormie, Joana crie deux fois seulement, puis elle se tait.

Joana reste ainsi un moment, les yeux fermés, de peur que le plafond ou l'infirmière soient toujours là si elle les ouvre, prêts à l'agonir avec leurs leçons de morale ou leurs démonstrations de pouvoir, comme elle a les yeux fermés, ses autres sens s'amplifient au point que Joana recueille dans le pavillon de son oreille le flic-flac désynchronisé des poches de sérum et, un peu plus à gauche, le larmoiement continu de la gamine, qui n'est toujours pas partie en salle d'accouchement, puis les pas dans le couloir, anesthésiés par le caoutchouc des sandales, la multiplicité des voix, des expressions et, peu à peu, Joana s'autorise à ouvrir les yeux, c'est comme un éveil, pense-t-elle, sans le réconfort du lit où l'on a dormi tant de nuits, sans le creux que laisse Jorge comme symbole de sa présence, et la première chose qu'elle voit, de l'autre côté de la pièce, vers où sa tête est tournée, c'est le sismographe du CTG de la gamine, qui explose en une profusion de traits, en synchronie parfaite avec ce corps minuscule, enflé jusqu'à faire deux fois sa taille, recroquevillé sur le lit comme un amuse-gueule, probablement, la gamine pleure encore, sous le crachin des *bips* tombant des machines qui inspectent

par extension tactile l'intérieur tout convulsionné qu'elle embrasse, et Joana, hypnotisée par la machine à broder des montagnes, laisse tomber quelques larmes, puis elle ferme complètement les yeux.
Quand elle les rouvre, inondés de larmes qu'elle ne peut contenir, elle voit de nouveau le CTG de la gamine en pleine activité, dessinant sur le papier millimétré des pics et des creux énormes, qui s'amenuisent peu à peu jusqu'à devenir presque plats pour, aussitôt, reprendre leurs formes démesurées et atteindre le maximum, la gamine, suit le rythme de la machine, se recroqueville puis se détend, donnant des coups de poing sur le chariot, ce n'est que quand la ligne commence à faiblir qu'elle se calme, alors, sous le dessin fébrile, on entend une pulsation modeste et rythmée, stable, qui se maintient constante en dépit des arythmies qui se déploient au-dessus d'elle, à ce moment, Joana, en larmes, veut sortir de son brancard, elle veut aller aux toilettes, elle veut peut-être aussi que Jorge vienne la rejoindre, afin qu'elle n'ait pas à fermer les yeux et à affronter un singe velu mangeur d'enfants, aussi appelle-t-elle la gamine accrochée à son ventre : eh, dit-elle, petite, tourne-toi vers moi s'il te plaît, viens me délivrer, je te tiendrai la main, mais la gamine, prise entre les battements de cœur des machines, la voracité électrique des moniteurs, le ruissellement continu des sondes, ne peut l'entendre, et Joana a peur de crier, parce qu'elle ne veut pas qu'on l'endorme et qu'on la mette, elle et son

bébé, à la merci des cauchemars qui, pendant le sommeil, gagnent en force et en tragique, et elle se tait.

Plafond, hasarde-t-elle tout doucement, plafond, veux-tu me rendre un service, mais le plafond ne semble pas disposé à lui répondre, lui qui était pourtant si près d'elle à l'instant, il n'est plus à présent que la toile de fond sur laquelle pourrait surgir au loin la lune et son jour moribond : plafond, dit Joana un peu plus fort, aide-moi, s'il te plaît, qui que tu sois, aide-moi, et finalement le plafond daigne répondre, qu'est-ce que tu veux, Joana, qu'est-ce que tu veux de moi, Joana, toi qui à l'instant m'ordonnais de me taire, demande-t-il, et il descend dans la pièce en se livrant à des voltiges de plafond puis, quand il parvient juste au-dessus de Joana, elle lui dit : aide-moi, comment, demande le plafond, dit à cette gamine que j'ai besoin d'elle, que j'ai besoin qu'elle me détache, parce qu'ils veulent me prendre mon bébé pendant que je serai endormie, ou pire encore, qu'ils veulent le tuer, dis-lui tout ce qu'il faut, tu veux que je lui mente, demande le plafond, seulement si c'est nécessaire, oui, mens-lui, mais fais en sorte qu'elle vienne me délivrer, pour que je sois sûre d'être éveillée quand le moment viendra, mais qu'est-ce que j'y gagne, répond le plafond, je ne sais pas, qu'est ce que je peux faire pour toi, rétorque Joana, je n'en sais rien, alors tu ne veux rien, je n'ai pas dit ça, objecte le plafond, tout ce que je sais c'est que je ne sais pas ce que je veux, pour l'instant, mais n'aies crainte, chère petite Joana, tu me le revaudras, et quand elle finit sa phrase, la voix du plafond n'est plus distincte de celle de l'infirmière qui, tout à l'heure, l'a attachée en lui promettant de l'endormir pour arracher le bébé de son ventre.

Ne criez pas, s'il vous plaît, ne criez pas, dit la gamine, les joues noyées sous les larmes, ne criez pas ou vous allez me faire punir, que voulez-vous de moi, dites-moi ce que vous voulez de moi, mais arrêtez de crier, tout le monde nous regarde, et la gamine est tout près du lit de Joana, elle tire d'une main sa perfusion suspendue à la perche métallique et, de l'autre, elle traîne le CTG au bout d'une laisse : ma chérie, te voilà, murmure Joana, aide-moi, sors moi de là, comment faire, rétorque la gamine, pendant que le sismographe portable annonce une nouvelle contraction, et la gamine courbe l'échine pour s'accrocher à son ventre, qui semble avoir une vie propre, Joana se tait pendant que la bourrasque de la contraction emporte les larmes et les plaintes à travers le crible de la pièce : aide-moi, ma chérie, ils m'ont attaché les bras, ils veulent me faire du mal, détache-moi, ma chérie, détache-moi, c'est tout ce que je te demande, et la gamine, examinant rapidement les sangles qui immobilisent Joana, je vais vous aider, mais il faudra m'aider vous aussi, bien sûr, petite, bien sûr, comment, dis-moi, nous sommes pauvres, on verra ce qu'on peut faire, ce n'est pas ça, dit la gamine, promettez seulement que vous m'aiderez, aussitôt, une autre vague arrive qui interrompt la conversation, la gamine retient péniblement un cri, la machine escalade en battant des records olympiques par son tracé, Joana craint que la gamine ne tienne pas le coup sans crier ou sans tomber, mais pas du tout, elle est forte, pense Joana : je vais vous desserrer, dit la gamine, pendant que j'en ai encore la force, avant qu'ils m'emmènent, mais n'oubliez pas votre promesse, je n'oublierai pas, ma chérie, la gamine détache les deux sangles, avec difficulté, parce que ce qui a été fait par une main dure et épaisse ne peut être facilement défait par deux fines mains, même zélées, quand elle a fini de détacher Joana, celle-ci lève les bras et tend ses mains vers son visage : ma chérie, qu'est-ce que je peux faire pour toi, dis-moi, et la gamine, prenant soudain vingt ans de bouteille, prenez-la avec vous, promettez-moi que vous la prendrez avec vous, que je n'aurai pas à la ramener chez moi, que je n'aurai plus à la voir, que demain je pourrai retourner à l'école comme si je n'avais pas fait cette bêtise, prenez le petit couple, dit-elle, d'une voix posée, quand ils viendront me chercher, accompagnez-moi et prenez-la avec vous, mais comment pourrais-je faire ça même si je le voulais, JE NE SAIS PAS, interrompt la gamine furieuse, débrouillez-vous, vous avez promis, mentez, faites comme tout le monde, soudoyez un médecin, je ne veux pas le savoir, je vous ai aidée maintenant vous allez m'aider, n'est-ce pas, et Joana, sans réflexes, les mains retombées sur le brancard, comme si elles étaient encore attachées, je vais t'aider, ma chérie, je promets que je vais t'aider.

La gamine suspend ses pleurs un instant, le temps de sonder du regard les intentions de Joana, elle la considère de façon clinique, comme si elle auscultait la fraîcheur d'une laitue, puis elle tourne sur elle-même, passant par-dessous les tubes de la perfusion et les câbles du CTG, pour qu'ils ne s'emmêlent pas, et elle se dirige vers son lit, avec son ventre énorme et enviable, qui tiendrait dans une brouette, elle est déjà cambrée, pense Joana, elle doit être sur le point d'accoucher, elle traverse la pièce en traînant ses chaussons-patins et en tirant à elle la perfusion et les machines, quand elle parvient à son lit, avant même d'élever la jambe pour hisser son corps sur le simulacre de matelas qui l'attend, elle est prise par une violente contraction et elle se laisse tomber à genoux, les mains par terre, haletante, mais quand Joana fait mine de se lever pour aller l'aider, la gamine fait non de la tête, elle l'arrête, cesse l'hyperventilation et se relève jusqu'à atteindre de nouveau le niveau du lit puis, d'un saut étonnement agile, elle grimpe dessus et reprends sa position fœtale, recroquevillée, comme un bigorneau se tordant sur le lit, attendant que la délibération de l'accouchement vienne la redresser.

Joana n'a rien d'autre à faire qu'attendre, attendre que les poches de sérum et l'ocytocine précipitent les contractions et, par conséquent, la naissance, assise sur son lit, Joana ferme les yeux, une fois de plus, pour s'imaginer hors de la salle de travail, sur une plage où le ressac des vagues remplacerait le gazouillis électronique des machines, où le soleil resplendirait glorieusement, destituant le souffle froid des halogènes qui répandent un manteau de lumière diffuse sous laquelle presque tout le monde se meut plus lentement, Joana se promène le long de ce rivage fictif, les pieds dans l'eau tiède jusqu'aux mollets, Jorge se remplit les poches de coquillages pour décorer le berceau, peut-être pour écrire son nom dans la géologie des marées, un Francisco en coquillages, et plus tard on l'emmènerait ici pour lui dire : c'est ici que tu as commencé à naître, j'étais sur ce lit, en train de me plaindre que les douleurs ne venaient pas et j'ai commencé à imaginer ce lieu, parce que l'attente est une entrave dans la vie qui pèse jusque sur la conscience et, de même qu'un chien enfermé depuis plusieurs heures dans une voiture a besoin de se dégourdir les pattes et d'aboyer aux passants, je venais me dégourdir ici avec ton père, en écoutant le battement de la mer dans un coquillage plaqué contre l'oreille, j'ai alors senti la première vraie contraction, un élancement entre l'utérus et le ventre, un coup de couteau dont l'effet se répand dans le reste du ventre, ce n'est pas forcément une douleur insupportable, mais la vérité c'est qu'elle est suffisante pour m'empêcher de continuer dans le paradis artificiel où je te retrouve, avec ton père, à la recherche de coquillages, en plongeant mes pieds dans une eau si tiède que je ne sens aucune différence entre être dans l'eau et être dans mon corps.

Ça c'est une vraie contraction, pense Joana, voilà ce que je viens de subir, dans un CTG, ça donnerait ces traits en forme de gribouillis dessinés par un épileptique, je viens d'avoir une vraie contraction, pense Joana, je dois être plus proche d'avoir mon bébé, c'est peut-être le moment d'appeler Jorge, pour qu'il m'accompagne comme il a toujours voulu, il a déjà dû commenter toute l'actualité et il doit être impatient de me voir, et surtout de voir Francisco, c'est une contraction, il n'y a aucun doute, tout à l'heure, ce n'était qu'une vaste désorganisation d'un ensemble de muscles mal préparés à la maternité, mais maintenant ça y est, c'est un élancement, un élancement qui me traverse de part en part, ordonnant au reste de mon corps d'obéir au caprice de la douleur, rejetant un bras en arrière, faisant plier l'échine, n'ayant pas le pouvoir du sceptre, elle a celui de la massue, et maintenant je n'ai plus qu'à me concentrer sur la respiration, comme je m'y suis entraînée depuis quelque temps, pense Joana, afin de pouvoir endurer tout ça comme une vraie femme, dans une oscillation mesurée entre le stoïque et l'hystérique.

Les femmes autour de Joana ne sont probablement plus les mêmes, sauf la gamine sur qui elle a toujours gardé l'œil, mais en fait, pense Joana, peu importe, car celles qui passent par ici ne sont pas vraiment des femmes, mais des plaintes, des contractions, une souffrance en crescendo qui débute dès qu'on franchit la porte, et qui se termine dans une autre pièce, au fond d'un couloir, que la femme doit parcourir, couchée si un brancard est disponible ou, dans le cas contraire, à pied en retenant son bébé et sa respiration le temps d'aller d'une pièce à l'autre.

Dans la pièce, un groupe d'étudiant fait irruption, une demi-douzaine de gaillards armés de stéthoscopes et de blocs-notes, sous la férule d'un professeur taciturne, qui passe au milieu des femmes les yeux rivés sur les fiches où sont notées les heures et les doigts de dilatation constatés, cet indicateur universel du temps qu'il reste, l'homme, un grand teuton d'homme, se caresse la moustache fauve pendant qu'il lit et montre aux étudiants les gribouillis inscrits par le personnel médical, il s'arrête devant une parturiente accroupie sur son lit, lui dit de s'allonger, puis il appelle du regard un des blancs-becs en tablier blanc, dont elle pourrait à l'aise être la mère, un garçon qui va pouvoir faire son premier *fisting*, un souvenir qu'il vomira plus tard dans d'éventuelles séances de psychanalyse, le garçon chausse son gant et s'enduit de gel, il ordonne à la femme de se coucher, une première fois, une deuxième, mais elle est tellement plongée dans son monde de douleurs qu'elle ne le voit même pas, pas même quand il lui crie à l'oreille de se coucher, sur injonction du professeur, qui exige de la rigueur et de l'assurance, ce dernier perd patience et oblige la femme à se coucher sur le dos, la prenant par les poignets pendant qu'elle se débat, donnant de grands coups de pieds dans le vide tout en envoyant tout le monde se faire foutre, ou à peu près, mais le médecin, promu chef d'escadron, ordonne à deux de ses élèves d'attacher les jambes de la femme, en faisant attention de ne pas les fracturer : sinon, ça va être un problème, elle aura encore plus de douleurs et nous donnerons du travail à deux départements, c'est pas comme ça qu'on va se faire des amis, vous comprenez, et les gamins essaient de calmer le va et vient arythmique des jambes, l'un d'eux en attrape une pendant que l'autre prend une sangle pour l'attacher avant qu'elle ne s'échappe, ce qui ne manque pas de se produire, pendant que le reste des gamins, au bord de la scène, font des paris pour savoir lequel des deux novices prendra un coup de pied dans l'œil, puis tout recommence, le professeur devant, qui demande du calme et de la concentration, et les deux élèves derrière, contemplant le moulin de muscles, en attente d'un relâchement permettant de les contenir par la pression de leurs bras et, quand la jambe droite commence à ralentir, l'un des gaillards saute sur elle, serrant les dents, avec assurance comme le veut le *baron von richthofen,* qui sourit à l'initiative de son élève, juste le temps de le voir recevoir un colossal coup de pied en pleine bouche, car le corps à des yeux partout, puisque nous n'avons pas besoin de voir notre main pour la conduire où nous voulons, ni le pied, en l'occurrence, car celui des deux qui n'était pas immobilisé, parce que le collègue, peu habitué au travail d'équipe, ou par pure méchanceté, l'avait relâché, accomplit un moulinet techniquement impeccable pour aller s'écraser sur le visage de l'étudiant, qui tombe, avec tout son orgueil et son assurance, si bien que le professeur ferme les yeux et désigne, pour remplacer les deux semi-crétins, deux autres élèves, qui auront retenu la leçon après le déroulement de ce premier chapitre.

En un peu moins de dix minutes, ils parviennent à attacher la parturiente, et l'étudiant, déjà relevé, prononce le rituel «ce n'est rien» devant tous ceux qui l'interrogent à propos de ses lèvres tuméfiées, à commencer par le professeur, qui continue à tenir les bras de la femme pour que celle-ci, qui n'y met plus beaucoup d'ardeur, oscillant entre les *sales chiens* et les *charlatans,* cesse de fléchir les jambes en s'appuyant aux barres latérales et renonce. Chaussant de nouveaux gants en latex, sans le détail du gel, l'étudiant profite de ce répit pour introduire, avec difficulté, sa main dans le vagin jusqu'à atteindre le col de l'utérus : neuf doigts, s'exclame-t-il, cette femme est prête pour aller en salle d'accouchement, est-ce ce que dit le CTG, interroge le professeur, qui commence à relâcher la pression, des contractions de deux en deux minutes, une dilatation de neuf doigts, une possible rupture de la membrane, épargnez-nous les discours et soyez surtout attentif à ce que disent les machines, car si vous aviez fait attention au papier qui est devant vos yeux, vous n'auriez même pas eu besoin d'y mettre vos doigts, moins encore de prendre un coup de rotative dans la tronche, et le ton décontracté sur lequel le professeur prononce cette grossièreté clinique force tous les élèves, sauf l'intéressé, à rire tout comme ils riraient des farces qu'ils faisaient en CM1. Quand ils arrivent près de Joana, le professeur prend la fiche clinique dans ses mains et secoue la tête, on remarque sa consternation à son sourcil relevé, une irréparable tristesse qui survient, de temps à autre, quand on obtient une rare vue privilégiée sur les abîmes des autres, mais du mode humain, d'acquisition toute récente, le professeur revient très vite au mode germano-professoral et, haussant son stéthoscope, couchez-vous sur le dos, demande-t-il à Joana, cette dernière obéit promptement, encore échaudée par la scène de tout à l'heure et se rappelant son récent largage d'amarres, le professeur se penche sur elle en posant le pavillon du stéthoscope sur son ventre, il fronce le sourcil et appelle du bout des doigts l'un des auditeurs : auscultez-moi cette parturiente, dit-il, que pouvez-vous en conclure, puis il s'éloigne, le garçon tourne autour de Joana, il pose le disque sur les endroits où le professeur avait défriché le terrain et il pâlit, puis il enlève soudain son stéthoscope et, tout ébouriffé, il s'apprête à communiquer ses conclusions à *herr barron* qui, posant l'index sur ses lèvres, lui intime de se taire en lui faisant comprendre *grosso modo* qu'il souhaite discuter ce point hors la présence de la patiente, Joana, qui se tourne vers le professeur, troublée par le mystère du procédé, et l'accrochant par la manche : mais dites-moi, tout va bien ? avec une insistance suffisamment docile pour ne pas inviter à la punition, le médecin répond oui, tout va bien, il veut juste poser quelques questions aux autres élèves sur des choses triviales, raison pour laquelle il ne peut prendre le risque que les réponses soient données à l'avance, vous comprenez, nous devons sans cesse les évaluer, parce que ce sont eux qui, un jour, seront à ma place en train de conduire une bande d'hommes et de femmes obtus et prétentieux, qui pensent que la science et la médecine se résument aux antisèches dans lesquelles ils ont appris par cœur des myriades de veines et de nerfs, je ne veux pas qu'ils découvrent, sans l'assistance adéquate, que tout ce qu'ils savent, en dehors des livres d'images qu'ils se sont coltinés des nuits entières pour apprendre la pathologie ou l'anatomie, ne sert à rien devant le contraste avec le fait naturel brut, devant le contraste avec celui qui s'est fracturé le fémur en réalité et qui empêche, en réalité, qu'on lui anesthésie le pied parce que, en réalité, il a peur des aiguilles, vous comprenez, et pendant que le médecin s'éloigne, consolé d'avoir abreuvé un troupeau à qui il prodigue très rarement ses leçons, Joana insiste, dans son dos : mais tout va bien, n'est-ce pas, il acquiesce en levant son pouce pour souligner la fermeté de sa réponse, et seul l'étudiant, le visage navré, paraît vouloir contraster avec tant d'harmonie. Quelques infirmières et quelques aides-soignantes entrent dans la pièce, elles viennent chercher celle qui est la plus près d'accoucher, une qui se débat encore dans les sangles qui lui serrent les jambes, dans une position déjà très acceptable pour livrer son bébé aux soins particuliers d'une sage-femme et à ceux du monde en général, qui est en fin de compte la pouponnière indiquée pour toute cette marmaille dont les papilles gustatives frémissent de la faim si spéciale de tout connaître, et Joana voit cette femme couchée, une touffe désordonnée de cheveux, une protubérance, deux ailes cassées pendant avec piètre allure sur les côtés, elle passe la porte accompagnée d'une paire d'infirmières occupées à vérifier les poches de sérum en rigolant, pendant qu'une troisième lit son courrier sur son iPhone, tout ça comme si l'acte de naître était aussi désacralisé qu'acheter du lait chez l'épicier.

La salle se vide d'intermittences, il n'y a plus que les femmes enceintes qui l'occupent, moins nombreuses à présent, quatre points cardinaux, une pour chaque mur, un *feng shui* de ventres en une synchronie de contractions, Joana fait aussi partie du club, les douleurs arrivent toutes les quinze minutes, comme depuis un moment déjà, mais ce sont de véritables douleurs et, chaque fois que Joana les subit, elle s'accroche pantelante à la structure tubulaire du lit, presque jusqu'à en perdre conscience mais, au dernier moment, elle se voit accoucher en dormant, son gamin arraché, de façon anonyme, à des entrailles incapables de le recevoir en retour et de l'appeler par son nom dès le premier instant, tous les sévices ont un sens, pense Joana, cette souffrance s'écoule par le fleuve de mon corps pour déboucher dans une mer merveilleuse où je recevrai mon fils dans mes bras, encore tout trempé, et je saurai que c'est lui parce que je l'appellerai par son nom, et il m'ouvrira les yeux, affamé de lait et de chaleur, et aussitôt que je l'aurai approché de mon mamelon, je l'aurai condamné à toujours chercher, désormais, un substitut, qui se révélera rarement adéquat, mais c'est la vie, nous sommes tout entiers à la naissance et tout nous est alors donné, l'avenir, dans son ensemble, est la somme des moments que nous passons à essayer de reproduire ce que nous avons oublié, en substance, mais pas dans la forme.

Pendant qu'elle songe, parce qu'il n'y a rien d'autre à faire dans la pièce, sauf lire un livre, ou aller se promener dans les couloirs, n'était la peur allergique qu'elle vient de contracter à la liberté et au culot, Joana sent venir chaque contraction, dès qu'elle en est transpercée dans un frisson de coup de fouet, Joana sursaute, elle se contorsionne, elle gémit, comme toutes les femmes, mais son esprit trop inquiet n'arrive pas à accepter la cécité de sa condition, aussitôt qu'elle s'est assurée qu'il n'y a plus une seule blouse dans la pièce ou près de la porte, elle va chercher les gants en latex qu'elle prend à l'endroit où elle a vu déjà plus d'une douzaine de fois qu'on les retirait, elle se badigeonne de lubrifiant, se servant de sa main gauche pour en verser sur sa main droite, déjà entièrement recouverte, certaine que personne ne peut la voir, sauf une femme enceinte en tournant la tête, mais elle ne s'en soucie pas, car c'est comme si elle était dans un autre pays, celui de ceux qui composent la macroscopie d'un continent d'êtres hallucinés, elle remonte sa blouse bleue, tire un drap pour se couvrir et met sa main dans son vagin, doucement, tout compte fait ce n'est pas si difficile, pense Joana, il suffit d'avancer jusqu'à rencontrer un portique qu'on peut mesurer en doigts, elle introduit sa main plus avant, de plus en plus péniblement, parce que c'est la main de la perfusion, et elle a peur de tordre ou de casser l'aiguille, elle ne trouve encore que l'intérieur du vagin avec ses multiples plis qui enveloppent la peau si proche, sous le latex, je suis déjà passée par ici, pense Joana, même Jorge est passé par ici, ainsi que mes gynécologues, mes anciens petits-copains, j'ai déjà vu des dessins et des schémas du col de l'utérus, ça ne doit pas être si difficile d'y arriver, il ne devrait plus être bien loin, mais elle n'y arrive pas, malgré ses efforts, tout en faisant attention à l'aiguille, pour qu'elle ne transperce pas, elle n'arrive pas près du col de l'utérus, chaque fois qu'ils conquièrent un ou deux centimètres, ses doigts n'atteignent que davantage de vide, davantage de vagin à parcourir et, quand elle est près de se résigner à introduire également son pansement et toute l'aiguille, elle prend peur, elle rebrousse chemin, elle craint de se blesser ou de blesser le bébé, elle retire de son vagin sa main enduite de lubrifiant, elle retire son gant, écœurée, puis elle se résout à le jeter dans une boîte de déchets hospitaliers, sur laquelle est peint un symbole réservé aux initiés, mais qui fait entièrement office pour Joana, ne serait-ce que parce qu'elle a vu tous ceux qui ont utilisé des gants y avoir recours.

Juste à temps, car Joana a à peine fini de s'auto-analyser qu'entre un autre groupe d'infirmières, qui se dirige droit vers la gamine, encore immergée dans son délire interne, se contorsionnant à chaque fois que le polygraphe se hérisse comme s'il avait surpris un mensonge, près de la gamine, les infirmières discutent entre elles, elles terminent une blague puis finissent de raconter un incident qui s'est produit à l'hôpital, quelqu'un qui s'est enfui par un couloir en emportant un extincteur, un toxico qui n'a pas réussi à voler un portable ou une imprimante, il a pris ce qui lui est tombé sous la main, puis il a oublié par où il était entré, deux surveillants l'ont retrouvé, au bord du prolapsus aortique, accroupi derrière un lit, ils ne sont parvenus à le faire sortir de là qu'en lui promettant qu'ils lui laisseraient l'extincteur, et le plus drôle, dit l'une des infirmières, c'est que deux semaines plus tard je ne sais pas si la police a rendu l'extincteur ou si elle a considéré que c'était un don de l'hôpital, si vous voyez ce que je veux dire, ajoute-t-elle pour l'hilarité générale, puis elles finissent par se tourner vers la gamine, toute ratatinée sur son lit, elles la déplient comme une serpillière et ses membres se laissent faire, jusqu'à ce que survienne une contraction et qu'ils obéissent au penchant naturel à se replier en position de sécurité, mais les infirmières répètent la manœuvre calmement, elles le font tous les jours, pense Joana, pauvre petite, elle ne paraît même pas être là pendant que les infirmières s'en occupent, voyant que leurs efforts sont sisyphéens, elles accentuent la pression en maintenant les membres avec les sangles qu'on sait et, peu à peu, le puzzle de la gamine est résolu, ses bras et ses jambes sont attachés sans tapage ni insultes, juste les gémissements et les contorsions de qui ne peut éviter d'être soumis à une force qu'il ne contrôle pas, une infirmière chausse son gant et l'introduit dans le vagin de la gamine sans que celle-ci réagisse, on y est, dit-elle, on va l'emmener, dès qu'elle a dit ça, la gamine se réveille, ou semble se réveiller, comme elle semblait dormir, puis elle crie, elle crie aussi fort qu'elle peut, aussi longtemps qu'elle peut, car une contraction finit par la faire taire, et les aides-soignantes en profitent pour mettre en branle le lit, sous le regard malheureux de Joana, qui la voit partir, mais dès qu'elle parvient à la porte, la gamine trouve à nouveau la force de crier, ne m'emmenez pas, je ne veux pas l'avoir, elle hurle, tu m'as promis, n'oublie pas, le petit couple, crie-t-elle, le petit couple, c'est la dernière phrase qu'on entend avant que la porte se referme sur l'éveil d'une contraction qui la fait taire. Comment tenir sa promesse, surtout une promesse sans conviction, pense Joana, comment sauver cette gamine du destin d'une maternité qui, pour exister, est obligée d'amputer une grande partie de l'avenir de la mère, à qui il sera désormais interdit d'être moins que cela et qui, si elle le devient, sera poursuivie par sa conscience, éveillée tard et affamée, qui lui mordra la nuque jusqu'à ce qu'elle ne parvienne même plus à soutenir sa tête, de culpabilité et de honte, comment éviter ça sans le pouvoir surhumain de séparer les eaux ou de multiplier les pains, sans la force divine de répéter inlassablement la vérité comme un mantra, jusqu'au sacrifice de soi, sans que les derniers mots diffèrent des premiers, qui possède une telle force et où pourrais-je la trouver, mon dieu, pense Joana, prêtez-moi volonté et fermeté et je me mettrai tout de suite en marche vers la salle d'accouchement, pour annoncer que celui-là aussi est mon fils, il s'est trompé de ventre et d'écosystème, mais il est aussi à moi, et pour que tous reconnaissent la vérité de mes paroles, parce que je parle la langue des promesses, immuable et mystérieuse, née aux sources de l'éden, avant même que le premier homme et la première femme aient surgi de la terre, sales et bons, pour quelques jours après promettre, dans cette même langue que je parle à présent, de pécher contre dieu, ignorant que l'avenir n'est que l'éternité qui dure.

À la fin il n'en resta que trois, la trinité divine, sourit Joana, moi et ces deux compagnes d'armes qui refusent d'abandonner leur poste, à la faveur d'un col de l'utérus peu coopératif ou d'une inhabituelle résistance aux médicaments, et qui restent là pour décorer la pièce pendant que les infirmières entrent et sortent, gaspillent des gants et du lubrifiant, du papier et de l'encre, pour conclure :

pas encore, pas encore

à quoi elles répondent par un grognement ou par un coup de poing sur le lit, trempées de sueur à force de rester au même endroit à pousser depuis des heures, les muscles endoloris, affamées, demandant de temps en temps un verre d'eau à qui passe, dans l'espoir de tomber sur quelqu'un qui ignore la règle qui leur interdit de manger et de boire, mais ce qu'elles veulent vraiment c'est accoucher, ici et maintenant s'il le faut, telles sont les douleurs, les crampes aux muscles en manque de magnésium, les forces qui les abandonnent excédées par l'attente et par la soif, l'envie d'un verre d'eau tranquille, même pas un verre d'eau fraîche ou minérale, rien qu'un verre d'eau imperturbé par les convulsions de la souffrance.

Joana se lève et, avec précaution, elle traverse la pièce jusqu'à parvenir au lavabo, elle cherche deux verres qu'elle puisse remplir et donner aux femmes qui se contorsionnent, n'en trouve pas, se dit que peut-être que ce n'est pas l'endroit adéquat pour trouver des verres, ustensiles purement domestiques d'usage commun, catégoriquement interdits dans ce lieu qui tout entier pue le bactéricide hospitalier, de sorte qu'il n'est pas surprenant qu'on n'y trouve pas de verres, ce qui confirme l'évidence du contexte, mais sans renoncer à trouver une solution, Joana se rappelle être passée près d'un distributeur d'eau dans un couloir proche de la pièce où elle se trouve, et elle décide de prendre le risque de sortir par la porte, en fait le distributeur d'eau doit être tout près, pense-t-elle, l'infirmière qu'elle craint le plus doit être loin, si tout va bien je ne la verrai même pas, elle passe la porte, prenant l'air le plus naturel du monde, celui d'une femme enceinte qui, au paroxysme de l'ennui, irait faire quelques pas pour dégourdir son fœtus.

Tenant son ventre et sa perfusion, Joana parcourt les couloirs à la recherche du distributeur d'eau, sûre de l'avoir vu, afin de mettre la main sur quelques gobelets en plastique, feignant la distraction, elle gère l'antipathie typique de ceux qui attendent contrariés, les yeux fixés au sol, sauf quand elle a une contraction, qui la fait plier légèrement, immobile, le temps qu'il faut pour qu'elle se reprenne, se redressant à demi de sa torpeur dès qu'elle peut, pour marcher un peu plus, après tout je ne dois pas être la seule à faire ça, des milliers de pieds semblables aux miens ont déjà dû fouler ce sol, à la recherche d'une consolation itinérante, un trépied en guise de perfusion et des pantoufles tenant lieu de sandales, si ça se trouve, la propension à supporter la douleur est plus forte lorsqu'on marche, surtout avec un esprit missionnaire, que ce soit pour guérir des malades sur les berges de la Mer Morte, ou bien pour obtenir un peu d'eau afin d'apaiser la soif de deux femmes attachées par leurs souffrances à l'endroit même où celles-ci leur tombent dessus, en des répliques anxieuses, et Joana, à force de regarder par terre, ne sait plus où elle se trouve et soudain, elle pense, me voici perdue au milieu d'un carrefour, sans panneaux indicateurs, au milieu duquel se dresse seulement un vase d'où jaillit, sans volonté apparente, un tronc oblique couronné par deux ou trois feuilles moribondes, et un extincteur, c'est drôle, pense Joana, les extincteurs sont vraiment faciles à faucher, si j'en voulais un, je n'aurais qu'à prendre celui-ci, elle rit, toute seule au milieu du carrefour, sans savoir quelle direction prendre, songeant à la meilleure manière de sortir de l'hôpital avec un extincteur, dont elle s'éprendrait plus tard.

De quoi est-ce qu'elle rit, la jeune femme ?
Une femme, une auxiliaire de nettoyage, avec ses omniprésents seaux d'eau et serpillière, de quoi est-ce qu'elle rit, la jeune femme, l'auxiliaire appuie le menton sur le manche de la serpillière en attendant la réponse : de rien, dit Joana, de rien, c'est que je crois que je me suis perdue, voilà, je voulais faire quelques pas pour voir si ça faisait accélérer mon accouchement, mais j'ai oublié par quel chemin je suis venue, et je voudrais de l'eau, je voudrais de l'eau pour mes camarades de chambre, les pauvres, elles ne peuvent mêmes pas sortir de leur lit, aïe, en voilà une autre, et Joana se penche à demi, comme elle a appris à le faire durant sa promenade, la contraction arrive, puis elle passe, avec des secousses qui la font gémir, mais la femme de ménage lui dit, venez avec moi, je vais

vous emmener à la salle de travail où vous étiez, vous n'avez qu'à me suivre, mais vous devez savoir que vous n'avez pas le droit de boire ou de manger avant d'avoir votre bébé, donc tout ce que je peux vous offrir c'est de vous prendre en stop, et la femme rit de sa propre blague, avec un rire affecté, aigu, Joana, tout en la trouvant drôle, n'arrive pas à en rire.

Suivez-moi, insiste-t-elle, et Joana reprend sa marche derrière la femme, qui tourne dans plusieurs couloirs, en saluant des gens, des auxiliaires qui font ou défont des lits, ou qui vident une corbeille à déchets dans un de ces sacs noirs qui ont aussi pour fonction de recueillir les affaires des femmes internées, la femme se déplace avec l'aisance des tâcherons subalternes, à qui il revient de nettoyer l'œuvre des autres, elle pousse son seau comme Joana tire sa perfusion, elles marchent ensemble, mais elles n'en ont pas du tout l'air, car elles ne parlent pas, elles ne sont pas de la même caste dans la hiérarchie de l'hôpital, Joana se borne à suivre la femme qui se borne à être suivie, lorsqu'elles arrivent près du distributeur d'eau dont Joana se souvenait, la femme remplit un verre et le donne à Joana, avec un sourire complice, s'assurant du coin de l'œil qu'elles ne sont pas vues, puis elles continuent à marcher dans le couloir jusqu'à ce que Joana réussisse à apercevoir, au fond, la porte d'entrée de la salle de travail, ainsi qu'une autre qui s'ouvre, un peu plus loin sur la gauche, d'où surgit un lit, probablement habité par deux créatures au terme de leurs efforts et, malgré l'éloignement, grâce à la chevelure, Joana parvient à voir qu'il s'agit de la gamine, brave petite, pense-t-elle, elle a réussi à avoir son bébé, malgré toutes ses réticences et son refus de l'assumer, peut-être qu'à présent, avec son nourrisson dans les bras, sa vision de la maternité se trouve tellement transformée qu'elle ne se rappelle pas les choses qu'elle a dites il y a peu en salle de travail, Joana tire la femme par la manche pour qu'elle s'arrête un peu, elle fait semblant d'être fatiguée, d'avoir mal, nous y sommes presque, répond la femme, vous allez pouvoir vous étendre à votre aise, mais Joana fait signe qu'elle est en train d'avoir une contraction, une forte, elle gesticule, elle ne peut pas bouger, si bien que la femme appuie son balais au mur et attend puis, quand la gamine va passer devant elles, Joana se réfugie derrière la femme pour ne pas être vue, et la gamine passe, effroyablement pareille, pleurnichant comme quand elle est entrée, et l'une des infirmières, emportant le bébé dans ses bras : cette abrutie, tu as vu, quand on le lui a mis dans les bras, elle voulait le jeter par terre, sans les réflexes du Docteur Pedro, le bambin aurait pu crever, tu as déjà vu ça, tant de gens voudraient avoir des enfants et pour celle-ci c'est l'enfer qui lui est né, à quoi l'autre infirmière, elle est trop jeune, attends quelques mois et tu la verras venir aux consultations régulières les yeux écarquillés raconter tout ce que son marmot a fait, elle vient de ces quartiers, tu sais bien, il faut être compréhensif,

d'accord, réplique l'autre, mais ce sont les enfants qui trinquent, c'est sûr, elles sont tout à fait d'accord, et Joana, se sentant soudain coupable de la situation de la gamine, dont elle ne sait pas même le nom, bien cachée derrière la femme de ménage, comme si ce qui passe dans le couloir sur le lit était une matière radioactive, rougit de pied en cap et pousse la femme, qui attend toujours, pour qu'elles entrent aussi vite que possible dans l'antichambre de l'accouchement, pendant qu'elle jurerait entendre, ou avoir entendu, le petit couple, le petit couple, tu as promis.
Quand Joana entre dans la salle de travail, encore toute rouge d'une honte qu'elle ne s'explique pas complètement, elle a vite fait de remarquer que la pièce est vide, personne d'autre qu'elle n'est en attente, la femme de ménage entre à son tour : oh là là, s'exclame-t-elle, elle a dû être émigrée en France, pense Joana, ce sol est immonde, dit-elle, j'en ai pour plus d'une heure de travail, mais c'est normal, ajoute-t-elle, c'est ici que vient échouer tout ce qui ne parvient pas au siphon principal, et elle montre du doigt le milieu de la pièce, pour que Joana voie bien où, des fois je passe des heures à me faire des durillons pour détacher du sol une immense tache de sang, qui a suffisamment séché pour imprégner un grand morceau de linoléum, d'autres fois ce sont ces taches d'eau invisibles, celles qui sentent les embruns, je ne sais pas si vous voyez, je vois, répond Joana, mais elles sentent le sperme, pas les embruns, le sperme, vous savez

que les odeurs se ressemblent et qu'elles peuvent être confondues par un nez moins perspicace, mais du sperme de combien de jours, demande la femme, curieuse, du sperme, juste du sperme, répond Joana, essayant de conclure la conversation, dans laquelle elle ne s'est immiscée que par raffinement scientifique, mais la femme : c'est que le sperme, du moins à ce qu'on m'a dit, a des odeurs différentes suivant ce qu'on mange, ou ce qu'on boit, suivant le temps passé depuis qu'il est sorti, vous savez, le sperme n'a pas une odeur bien définie, je ne suis pas sûre qu'on puisse associer les deux comme si elles avaient la même odeur car, en réalité, ce n'est pas forcément la même odeur, ou alors, je ne sais pas moi , pour certains aspects bien précis, peut-être que le sperme d'un jour ou deux a une odeur de mer ou d'embruns, parce que les embruns ont l'odeur de la mer, vous comprenez, et Joana, fatiguée, furieuse, d'embruns, rétorque-t-elle, soit, d'embruns, pendant qu'elle attend qu'une nouvelle contraction passe avant de monter sur le lit, la femme déploie la serpillière et commence à frotter, en remplissant sa bouche d'un sabir français, probablement la seule survivance qui ait passé la frontière dans la *valise en carton, ben dis donc, sacré bleu,* Joana se souvient du capitaine Haddock et de son lexique inépuisable puis, une fois passée la contraction qui l'empêchait de grimper sur le lit, Joana élève sa jambe et s'assoit, goûtant la bande-son de la pièce et, fermant les yeux, elle rit.

*

Notre Joana est couchée sur le côté, comme un surgeon végétal privé d'eau, elle se recroqueville sur elle-même, comme elle a vu faire la gamine et comme ça doit arriver à toutes, pense-t-elle, sauf celles qui curieusement se sentent mieux accroupies sur le lit, à frotter leur ventre avec des mouvements circulaires, comme si elles croyaient pouvoir le dévisser et en faire sortir, comme dans une pochette *kinder,* leur bébé intact, laissant leur vagin inaltéré, comme s'il s'agissait d'ouvrir un cadeau de Noël, si ça se trouve, c'est une fantaisie qui dure jusqu'au moment où le bout de la tête du bébé entre pour la première fois en contact avec l'air de ce monde, de sorte que ces femmes n'ont plus le temps de se recueillir dans la coquille où on prend des forces pour ce qui va venir, elles partent vers la salle d'accouchement comme ça, épuisées de dissipation et, dans la surprise redoublée d'avoir été trompées, elles finissent par accoucher comme les autres, en gémissant, déchirées, car l'accouchement propre de *matrioska* est réservé à la seule Eve, et seulement avant que ne se produise l'incident regrettable de la pomme.

Pour Joana, tout est très clair et très positif, c'est par la souffrance que viendra la rédemption, c'est écrit dans son code génétique, à la section foi & convictions, c'est un ancien lignage qui a résisté au vernis des conquêtes technologiques, même si en surface tout semble montrer l'inverse et si la foi, en apparence, est venue s'aligner, au fil des siècles, avec l'appareil dictatorial de la raison, mais ce ne sont là que les écailles de la bête, car à l'intérieur elle n'est qu'un immense cœur, un cœur et un puits au bord duquel, parfois, le cœur est suspendu, la planche de la raison sert seulement à être montrée en public ou bien à être inscrite dans un curriculum, et il y en a même qui y accordent si peu d'importance qu'ils ne l'utilisent que pour couper les légumes de la soupe, la passant ensuite à l'eau pour qu'elle ne soit pas traitée de cochonne par la voisine d'à côté, du corps de qui il ne reste que les yeux et la langue revêche.

Vous avez beaucoup de douleurs, demande la femme, et Joana, entre deux contractions, non, pas pour l'instant, ce n'est que quand elles viennent que ça fait mal, alors oui, mais ça fait partie, j'y suis préparée, ça fait partie, et la femme, vous savez, ça semble une éternité tant que vous êtes là, mais après, quand ce sera votre tour de l'avoir, tout ira très vite, vous regretterez même de n'avoir pas été assez concentrée pour retenir tous les détails, parce c'est vraiment merveilleux, n'en doutez pas, madame, moi-même j'ai assisté au fille et je ne le regrette pas du tout, ne serait-ce que parce que son compagnon à l'époque – à présent plus personne ne – était un ballot et un incapable de la pire espèce, allez savoir ce que la gamine a vu en lui, un de ceux qui ont toujours un bonnet sur la tête, même à la maison et les chaussures, je ne crois pas que sa mère lui ait donné une éducation soignée, n'est-ce pas votre avis, madame, et Joana, tournant sur elle-même afin d'avoir toujours son interlocutrice occasionnelle en face, en effet, ce n'est pas bien élevé, et la femme, aussitôt, c'est exactement ce que j'ai pensé, et c'est ce que j'ai dit à ma fille, ne vas pas avoir ta gamine en traînant cet imbécile derrière toi, ou bien il est capable de tomber dans les pommes en pleine salle d'accouchement sans personne pour le , ne crois pas que ce soit impossible, je l'ai déjà vu plusieurs fois, ma fille, et votre mari, madame, il va aussi assister, oui, répond Joana, il va assister, dès que je le ferai appeler, parce que pour l'instant là, vous comprenez, naturellement, répond la femme et Joana, soudain, s'aperçoit qu'elle n'a pas entendu ce qu'elle-même vient de dire, il y a eu comme une coupure, une touche *mute* pressée pendant une partie du temps durant lequel elle a parlé, elle se souvient d'avoir dit : parce que pour l'instant ça ne sert à rien qu'il soit là, vous comprenez, mais seuls le début et la fin de la phrase sont sortis, ou alors, si tout est sorti, seules les extrémités ont eu droit à la sonorité qu'on prête normalement, sans restrictions, à la voix, à condition qu'elle soit en mesure d'articuler des sons, Joana songe qu'elle a peut-être eu d'autres absences depuis quelques instants, elle se concentre sur la femme qui, devant elle, débite son histoire d'amour banlieusard avec conception en prime puis, regardant la femme : excusez-moi, je n'ai pas bien compris, et la femme, disponible, je disais que le gamin, dès qu'il est sorti de l'hôpital, est maison, j'ai aménagé une chambre pour les deux, parce que de ça, il passait des heures à jouer sur sa console, et quand le bébé se réveillait il le faisait taire perdait, vous vous rendez compte, madame, où , dites-moi, et Joana, pliée en avant, tendant l'oreille droite ou la gauche, comme si elle était subitement devenue sourde, ne parvient à entendre qu'une partie du monologue que la vieille récite en quémandant des appuis occasionnels, par des interjections cliniques, auxquelles Joana répond, si elle les entend, ou ne répond pas, si elle a perdu cette partie de la conversation, sans que la femme s'en formalise autrement, car comme on sait les femmes enceintes ne sont pas toujours alertes ou attentives à la conversation, pense-t-elle, et dans certains cas, d'après mon expérience, le mieux est de continuer à leur parler, même si ça paraît les ennuyer, juste pour qu'elles aient une bande son à quoi se raccrocher quand elles se reprennent, chancelantes de douleur, le regard fixé sur un point intérieur d'où elles ne parviennent pas à s'évader, mais quand on leur parle un peu, de n'importe quoi, elles se réveillent, elles peuvent même dire quelques saletés, comme celles qui sortent d'anesthésie, mais ce n'est pas grave, au moins elles ne restent pas plongées jusqu'au cou au fond du puits obscur, sans que leurs mains parviennent à atteindre la margelle, n'est-ce pas, ma chérie, vous-même vous l'êtes déjà à moitié, sonnée, je parie que impor-tance, je vais parler avec vous jusqu'à la super vraiment n'importe, et Joana, effectivement sonnée, au milieu des mots de la femme, s'efforce de comprendre d'où vient le problème pendant que la vieille continue à parler, comme si elle annonçait la fin de tout pour demain sans faute, Joana comprend que ce n'est pas seulement sa voix, ni celle de la femme, qui souffrent de silences aléatoires et inexplicables, mais aussi le bruit des choses, les pas dans le couloir, interrompus au début pour reprendre à la fin et, entre les deux, il y a eu comme un saut, pense Joana, pendant qu'elle décide d'explorer son oreille avec son doigt, si ça se trouve, c'est une boule de cire, ou deux boules de cire, ou bien un symptôme neurologique, à cause de la grossesse, ou à cause de l'effort fourni pendant la grossesse, au fond c'est comme si le silence absolu allait et venait de façon aléatoire, et Joana, les deux doigts dans les oreilles, ne trouve aucune trace de saleté, excepté les sécrétions naturelles que le corps ne se lasse pas de produire continuellement, une couche infime de cire, peut-être protectrice, que Joana commence à extraire avec application, jusqu'à ce que la femme lui dise, vous allez vous faire mal, madame, il vaut mieux que j'aille vous chercher quelques cotons-tiges, ça n'est pas comme ça qu'il faut faire, avec tympan cousin vous ne pouvez pas savoir à quel point ça fait mal, et Joana, oui, apportez m'en , et, en s'apercevant du silence, elle se met à rire, en fin de compte, c'est tout de même un peu drôle ces caprices soudains du son ou de l'ouïe et, comme elle n'est pas encore sur le point de désespérer sans connaître toutes les facettes du phénomène, elle rigole, mais il n'y a que la première tranche de rire qui sort, ah, ah, le reste coince, ou ne s'entend pas, ou elle ne l'entend pas, ou quelque chose comme ça qui, cette fois, titille son sens de la normalité, inquiet de nature bien que respectueux de la file d'attente des soucis à l'entrée du cerveau de Joana, celle-ci demande à la femme, qui la regarde d'une manière différente depuis l'épisode du rire : vous entendez bien, ou non, parce que moi juste à l'instant, vous comprenez, et la femme, fronçant les sourcils en v, moi mais tests , grâce au ciel, , n'est-ce pas, madame, et Joana poursuit, moi je ne vous entends pas, c'est , dans un tunnel serais-je la seule, sur quoi la femme reste pantoise, de quoi parlez-vous, madame, médecin, si vous voulez, non, répond-elle, Joana, non, restez avec moi, d'accord, et la femme, oui madame, voulez et toutes deux restent là, face à face, en silence, quelque temps, pendant lequel Joana se mord la lèvre pour ne pas pleurer.

Joana pose ses mains sur ses genoux et regarde par terre, de temps en temps une contraction la secoue, alors elle s'enfonce les ongles dans les jambes, elle serre les lèvres et elle gémit, parfois elle entend le gémissement entier mais, la plupart du temps, elle n'en entend qu'une partie et devine le reste, parce qu'il doit y avoir une équivalence entre la douleur et le cri, pense-t-elle, mais pas forcément entre le cri et l'ouïe, toute à cette phénoménologie d'alitée, elle finit par s'enfoncer les ongles dans les jambes même quand elle n'a pas mal, sans la femme de ménage, qui lui prend de temps en temps les mains dans les siennes pour qu'elle les serre, plutôt que ses jambes, les cuisses de Joana seraient déjà criblées de marques semi-circulaires, d'autant que Joana trouve la souffrance plus tolérable que les caprices du silence, elle supporte très bien les contractions qui viennent, même si elle ne s'entend pas gémir, ni les encouragements de la femme de ménage, la douleur me détourne du problème de l'arythmie sonore, pense-t-elle, du coup elle désire que les contractions viennent et qu'elles durent très très longtemps, pour qu'elle puisse se ficher de ce que la réalité lui offre par salves, c'est aussi pour ça qu'elle s'enfonce les ongles dans les jambes, pour obtenir un minimum de souffrance, suffisante pour interdire à certains soucis l'accès à la cabine de pilotage, mais la femme, toute en bonté, lui retire les mains des jambes, en disant des choses dont Joana ne perçoit que le début ou la fin, ou un milieu littéral mais inconséquent, puis elle les prend dans les siennes, et Joana les serre quand même, parce que, dans l'échelle décontractionnelle, juste en dessous de la souffrance, il y a l'effort, et Joana ne se soucie pas que son effort corresponde à la souffrance de la vieille, qui grimace et remue les mains chaque fois que Joana décide de transformer ses doigts en pinces.

Si ça continue comme ça, pense-t-elle, tout à l'heure, quand Francisco naîtra, j'aurai droit à la moitié du premier pleur, ou bien je passerai pour une sourde sur ma table d'accouchement, poussez, pou   ,   , et puis plus rien, je vais avoir mon premier cours de lecture labiale pendant mon accouchement, si ça n'est pas un peu démentiel, je ne sais pas ce qui peut l'être, pense Joana, et les objets de la pièce, les machines qui font *bip* en continu, le bourdonnement phosphorescent des lampes du plafond qui ne cessent de cligner avec des râles épileptiques, la vieille qui poursuit son interminable récit, dans lequel elle s'efforce de faire tenir trois ou quatre vies entières en un résumé pouvant être consommé entre les contractions, les chaussons-chaloupes qui frottent le linoléum du sol, les ongles qui frappent contre les appuis du lit en tintinnabulant comme les grelots d'un temple, la respiration elle-même, le cœur qui palpite dans le cou, la déglutition sonore, tout lui parvient entrecoupé, par intermittences impossibles à arrêter ou à prévoir, Joana se sent peu à peu désemparée, le silence est un prélude à l'irréalité, étalée à gros pinceaux sur toutes choses, et le fait que cette, quel nom lui donner, cette surdité intermittente, le fait que cette surdité ne se décide, ni à installer son camp, ni à s'éclipser quand on secoue vigoureusement la tête, c'est pire que tout, j'aime les choses sûres, même mauvaises, mais sûres, lorsqu'un sens me fait défaut de façon aléatoire, c'est l'horreur, pile aujourd'hui, pense-t-elle, pile au moment où les contractions deviennent plus brutales et plus persistantes, où mon corps tout entier se prépare à présenter Francisco à la maison du monde, où il construira ses innombrables digues contre la mer, pile au moment où j'en ai le plus besoin, dieu me met à l'épreuve, comme si dans l'immensité des gens de ce monde, des milliers de millions certainement plus coupables que moi, il n'y avait pas des candidats plus adéquats pour les multiples tests auxquels le seigneur veut soumettre ses créatures, avant de leur montrer la rampe par laquelle on monte ou on descend vers sur terre, tout ça bien   et chrétiennement, mais moi   et, en vérité, justes cieux, s'interrompt Joana, je suis en train de perdre la   dans mes propres pensées, les choses que je pense   toutes entrecoupées, je suis   folle, c'est certain, bientôt   voir, de sentir,   ,   , du toucher et ils m'enfoncent et ils m'arrachent du ventre   cette infirmière. Je vais mourir.

Joana pâlit soudain et la femme de ménage, bien en face d'elle, se détourne juste à temps pour ne pas recevoir en pleine blouse un jet d'eau sale, seul lest que Joana peut lâcher pour offrir à son corps une possibilité d'allègement temporaire, la femme esquisse le geste réflexe de prendre sa serpillière, pour la lâcher aussitôt : que se passe-t-il, madame, vous êtes toute blanche, ce vomissement, ça ne va pas, et Joana, sans même comprendre entièrement ce que dit la femme, ni ce qu'elle pense elle-même, hoche la tête en disant non, elle fait un tourniquet en l'air avec son doigt, pour insinuer que tout tourne, comme quand on boit et que les choses perdent leurs points de fuite habituels, et la femme, couchez-vous, elle s'efforce de pousser Joana pour l'obliger à se coucher, au fond, elle fait n'importe quoi pour que n'importe quoi change, mais Joana résiste, apparemment, elle veut rester assise pour assister au spectacle de l'effondrement de la réalité, la femme respecte cette volonté, elle fait mine d'attraper le manche de la serpillière pour nettoyer le vomi avant que quelqu'un arrive et demande : pourquoi est-ce que c'est sale par terre, alors que deux mains ballantes peuvent prendre une serpillière, tâche qui est leur gagne-pain journalier, mais Joana la retient et lui prend la main droite pour l'amener contre sa poitrine, comme pour dire, sentez, mon cœur galope dans la nuit noire, rien que pour ne pas rester au même endroit, on ne sait pas où il court, peut-être va-t-il mourir, comme ces chevaux qui préfèrent renoncer à vivre plutôt que de renoncer à l'horizon, voyez-moi ce cœur qui veut sortir de mon corps, plus vite encore que Francisco, dont l'heure n'est pas encore arrivée, ne me quittez pas, et la femme, sans percevoir toute cette composition, transparente et entière, de l'image du désespoir, sait bien, néanmoins, que les mains occupent parfois l'espace du silence et rendent la respiration possible, aussi reste-t-elle près de Joana en lui prenant les mains, tout en s'inquiétant, simultanément, du sol sale à moins de deux mètres d'elle. À l'intérieur, l'existence de Joana a des intermittences de luciole. Ce qu'elle entend, ce qu'elle pense, ce qu'elle voit, même ce qu'elle odore, tout lui parvient par tranches. Joana est en phase avec la phase éveillée de la réalité mais, en phase dormante, elle sort aussitôt de scène et laisse sa coquille à l'endroit où elle reviendra plus tard, parfois avec le son, l'image et le toucher, d'autres fois amputée de l'image, ou bien au milieu d'une réalité hachée transmise par son ouïe en révolution, réalité qu'elle ne sait plus comment intégrer ou digérer et, lorsque la femme insiste, une nouvelle fois, sur la pâleur victorienne de Joana, elle n'est pas en train d'exagérer ou de chercher à se faire remarquer, on constate vraiment une évanescence chromatique, et qui la verrait maintenant, de l'extérieur, nue et transparente dans sa blouse couleur bleu-de-faim, jurerait qu'elle n'est plus là, ou bien qu'elle est venue puis qu'elle est repartie mais, en fait, pour Joana, c'est exactement ce qui se passe.

Comment ça doit être   , parvenir à entrer   s   , pense Joana, qui tremble de plus en plus des mains, elle les donne à la femme, qui les retient parfois dans les siennes, d'autres fois elle éponge quelques gouttes de sueurs qui, à l'image de tout le reste, paraissent et disparaissent sur le front de Joana, les contacts entre celle-ci et sa conscience intérieure, spasmodiques, la laissent sans point d'ancrage sur la réalité, si ça   dieu, je ne s   c'est confus   mourir, mourir, mourir   si   ce sera   et seul le mot mourir paraît survivre au contact flottant avec la réalité, et Joana répète, mourir, mourir, mourir, intérieurement et extérieurement, et pendant qu'elle le dit et le pense, les choses demeurent étrangement capricieuses, et la femme : ne dites pas ça, madame, rien ne va vous arriver, moi je vais appeler un médecin, vous êtes très anxieuse, mais quand elle fait mine de se lever, Joana lui serre les mains pour l'empêcher de partir, puis elle se focalise sur mourir, mourir, mourir, le sauf-conduit grâce auquel la réalité ne lui fait pas entièrement faux bond, elle ébauche une image dans sa tête, un nouveau-né tombant, de très haut, et elle répète le mantra par lequel elle empêche la fuite des choses, pendant que le nouveau-né tombe, tombe d'on ne sait où vers on ne sait où, mourir, mourir, mourir, jusqu'à ce que les mots commencent à perdre leur sens, comme il arrive à tous les mots dont l'emploi continuel finit par user le propos, le réduisant à un amas de sons vocaliques et consonantiques qui traduisent une suite phonique, laquelle ne dit rien en dehors de son aspect phonétique, ainsi le mourir, en perdant son sens, permet que s'installe de nouveau le stroboscope par lequel le réel va et vient, avec encore plus de vigueur, clignant tellement que même la femme en face d'elle apparaît puis disparaît, les mots s'abîment dans l'absence d'intelligibilité, les couleurs entrent et sortent des choses à volonté, et les sons s'articulent, ou non, avec les bouches qui les émettent, tout s'effondre perpétuellement, y compris le discours à la remorque duquel Joana parvient à la voix et à la consistance, à la fin , , , membrane , , , , l'image du bébé qui tombe a une consistance, elle seule peut être vue ou être racontée, le bébé tombant à terre en une verticalité tragique, Joana retire ses mains de celles de la femme, qui pleure devant elle, parce qu'elle a épuisé toutes les possibilités alternatives de bien faire, le bébé tombe et tombe, et Joana, les bras tendus, le laisse passer, et quand le bébé passe en la frôlant, elle se voit elle-même, en un éclair, la zone du pubis couverte de sang, le bébé à terre, le cœur de Joana cherchant à sortir de sa poitrine, tel un cheval hypnotisé par son galop furieux, Joana tremble comme si elle allait avoir un spasme convulsif, le bébé est à terre, dans une mare de sang, ses yeux très ouverts la fixent de façon inexpressive, et Joana pose ses mains sur son ventre, sur ses jambes sanguinolentes, elle se demande comment, comment, comment, et soudain l'image s'en va, la nuit revient occuper les yeux de Joana, et tout s'arrête.

✶

Rendez-moi un service, dit Joana, en se superposant aux pleurs de la femme de ménage derrière ses paupières fermées, allez trouver mon mari et demandez-lui le nécessaire de toilette qui est au fond du sac, à l'intérieur, vous trouverez un rosaire qui est dans la famille depuis des décennies et qui a accompagné les accouchement de toutes les femmes de la maison, de mon arrière-grand-mère à ma mère, pour que dieu veille sur elles, apportez-le moi, s'il vous plaît, parce que je vais en avoir besoin, et la femme, s'extrayant lentement de ses pleurs : mais que vous est-il arrivé à l'instant, madame, vous vous êtes évanouie ou quoi, vous étiez devant moi tremblante comme une feuille en disant des choses affreuses, vous m'avez fait tellement peur, tellement, que j'ai failli m'enfuir en courant, je vous jure, moi, qui ne suis pas une mauviette, j'allais partir en courant, dans des cas pareils je n'ai pas l'estomac, il ne sert à rien d'appeler un médecin, vous savez, et Joana, ouvrant enfin les yeux pour avoir une version ininterrompue de la pièce et de la femme, qui lui tient toujours les mains comme si c'était une bouée : il ne s'est rien passé, ma chère, dit une Joana étonnamment calme, ce sont les nerfs, le moment approche, je le sens, et j'ai eu peur, vous savez bien, on arrive ici en pensant qu'on sait tout puis, tout à coup, le corps envoie des signaux qu'il n'a jamais émis auparavant, arrivent les douleurs et avec elles la peur que tout ne se passe pas comme prévu, Joana lâche peu à peu les mains de la femme de ménage pour qu'elle les porte à son visage en tremblotant, nettoyant un reste de larmes avec le dos de ses doigts, elle esquisse un sourire qui l'éclaire, mais Joana continue : c'est passé, tout va bien, rendez-moi juste ce service, afin que je sois rassurée, et votre mari, interrompt la femme, qu'il reste là-bas jusqu'à ce qu'on l'appelle, répond Joana, il n'a pas besoin de venir ici pour attendre avec moi inutilement, je ne sais pas, madame, comment le reconnaîtrai-je, et pourquoi me donnerait-il vos affaires, entrez dans la salle d'attente et demandez le mari de Joana, il porte une veste en cuir marron et un jeans, il a les cheveux noirs coiffés en arrière et des yeux très doux, dès qu'il comprendra ce qui vous amène, il sera rassuré et il vous donnera tout ce que vous voudrez, conclut Joana, vous croyez, madame, et s'il n'est pas là, Jorge sera là, soyez tranquille, Jorge sera là, et Joana termine sa phrase juste à temps pour laisser la place à une contraction.

La femme recompose son sourire, arrange ses cheveux, il faut que je sois présentable, même dans cette blouse où toute beauté déteint, pense-t-elle, en rendant service à cette créature de Dieu, même si ce n'est pas mon affaire, j'améliore un peu plus le monde qu'en frottant la saleté toute la journée, je ne peux la laisser dans l'état où elle est, ou elle va encore avoir une crise de nerfs sur le chemin de la salle d'accouchement, et les médecins n'ont aucune patience pour les hystériques, surtout les hommes, qui ne connaissent de l'accouchement que le côté extérieur, et pendant que la femme finit de se repoudrer le nez en prenant les armes avec lesquelles elle affronte sa guerre quotidienne, un vieux seau dont les roues geignent comme des chatons et une serpillière échevelée qui vit noyée dans le seau, Joana, assise sur le lit, compte huit minutes depuis la dernière contraction, à cet instant, une autre survient, les muscles de son ventre vivent en autonomie, la serrant dans une accolade expulsive, elle respire comme elle a vu faire dans des vidéos, par le nez, par la bouche, par le nez, par la bouche, avant de sortir de la pièce, la femme de ménage lui demande par signes si tout va bien, Joana acquiesce, tordant sa bouche autant qu'elle peut pour esquisser un sourire, la femme disparaît et Joana n'a plus qu'à attendre, assise, son retour, en se mordant les lèvres sur lesquelles elle vient d'effacer son sourire.

Dans la salle d'attente, il n'y a que quelques hommes, qui tentent tous de dissiper leur angoisse d'une manière ou d'une autre, la femme de ménage reconnaît facilement Jorge, il correspond parfaitement à la description de Joana, elle l'appelle : Monsieur Jorge, chuchote-t-elle, Monsieur Jorge, sans détacher ses yeux du sol, peut-être n'est-il pas habitué à ce qu'on l'appelle Monsieur, pense la femme, surtout à cet âge, je ne sais pas si j'aurai le courage de l'appeler par son prénom, comme si je le connaissais, j'aurais dû demander son nom à la gamine, j'oublie toujours l'important, c'est pour ça que je n'arrive jamais à rien, mais pendant qu'elle se dispose à se couper en deux entre ce qu'elle a promis de faire et le tombereau de doutes qu'elle traîne dans la vie, comme son seau, quelqu'un s'approche d'elle : vous m'avez appelé, c'est Jorge, pense-t-elle, en fin de compte il m'a entendue, oui, dit-elle, je vous ai appelé, je suis venue pour votre femme, Joana, il y a un problème, répond aussitôt Jorge soudain inquiet, non, il n'y a rien, mon petit, c'est qu'elle m'a demandé de lui apporter quelque chose, une trousse qu'elle a dans sa valise, avec ses affaires, son maquillage, et un rosaire, elle a dit qu'elle serait rassurée si elle avait son rosaire, elle n'a pas demandé que je sois là, interroge Jorge, pas encore mon petit, mais on y est presque, on viendra vous appeler quand ce sera le moment, elle trouve, et je suis d'accord avec elle, que pour l'instant ça ne servirait à rien, mon pauvre, on peut s'énerver tout seul, pas besoin d'être deux pour souffrir sans être capables de s'aider, Jorge a déjà la main sur la valise, attendez, je vais vous donner la trousse si vous m'aidez à savoir ce qu'elle veut, vous voulez bien venir voir, demande-t-il, oui, c'est une petite trousse, elle est certainement au fond de la valise, d'après ce que m'a dit votre femme, et Jorge soulève des habits de bébé aux tailles et couleurs variées, cliniquement repassés, des petits chaussons, des livres, des pyjamas, la robe de chambre, les brosses à cheveux et les médicaments dans des sacs hermétiques, tout un attirail rangé comme les meubles chez Ikéa, jusqu'à ce qu'il trouve la trousse, tout au fond, rose, tout sourire, il l'a remet à la femme, qui se confond en remerciements, tout va bien se passer, dit-elle, je vous souhaite une rapide délivrance, sur quoi Jorge : quand viendra-t-on me chercher, très bientôt, réplique la femme, très bientôt car elle y est presque, j'espère même qu'elle sera encore là à mon retour, il faut que je me dépêche, coupe-t-elle, et Jorge plié au-dessus de la valise et des choses qu'il ne réussira jamais à ranger en les faisant toutes tenir, merci madame, merci, il sourit, pendant que la femme disparaît derrière la porte en traînant son seau geignard, non sans avoir ébauché d'abord un sourire, se sentant soudain complice de quelque chose qui, heureusement, la transcende.

J'ai votre trousse, Joana, j'ai réussi, la voici, dit la vieille en rentrant dans la salle de dilatation, après avoir vérifié qu'il n'y avait personne d'autre, et Joana, assise sur le lit, en sueur à cause des efforts exigés par les spasmes, lui sourit, formidable, dit-elle, formidable, j'en étais sûre, donnez-la-moi, demande-t-elle, la femme marche vers elle en lui tendant la trousse, victorieuse, je n'ai pas eu de mal à trouver votre mari, comment va-t-il, interrompt Joana, il va bien, le pauvre, aussi bien que possible, séparé du grand mystère de l'attente qui se déroule ici, mais c'est la vie et la nature, Dieu a fait les hommes et les femmes pour des choses différentes et une grande part des maux de ce monde tient à ce que les uns et les autres veulent rendre pareil ce qui est différent, n'est-ce pas votre avis, ma fille, je ne sais pas, je ne suis pas de la même époque et je n'y pense pas trop, vous avez peut-être de la chance, réplique la femme, peut-être acquiesce Joana, donnez-moi la trousse, puis Joana, la trousse entre les mains, se tord momentanément de douleur, tenez bon, ma fille, vous ne voulez pas que j'appelle quelqu'un, une infirmière pour qu'elle voie ce qui se passe, pas encore, je ne suis pas prête, dit Joana entre les dents, mais ça vous ne pouvez pas le savoir, il n'y a qu'eux, ma fille, il n'y a que si j'appelle et s'ils voient à combien de doigts vous êtes, que vous pourrez savoir si vous êtes prête, mais Joana rétorque, vous n'appelez personne, ma chère, je ne suis pas encore prête, restez seulement avec moi, aidez-moi et, quand ce sera le moment, je vous dirai moi-même de les appeler, mais le moment n'est pas encore venu, puis, ouvrant la trousse que la femme lui a donnée, elle vide son contenu sur le matelas, du rimmel, du rouge à lèvres, du fard à paupières, du mascara, des ciseaux et des limes, et un rosaire en bois, qui finit par tomber au-dessus du tas, aidez-moi, attachez-le moi ici derrière, dit Joana en tendant le rosaire à la vieille, qui fait une tête à mi-chemin entre le doute et l'étonnement, mais ce n'est pas un peu grand, ma fille, je croyais que c'était un petit rosaire, en or ou quelque chose du genre, je ne sais pas s'ils vont vous laisser entrer avec ça autour du cou, je regrette déjà de l'avoir apporté, mais Joana : ma chère, chacun a le rosaire qu'il peut, certains en ont en or ou en platine, d'autres

en bois, ce n'est ni l'éclat ni la taille qui les rapproche de Dieu, maintenant aidez-moi, si vous voulez bien, la femme, à contre-cœur, attache la fibule du rosaire dans son dos et Joana le met à l'intérieur de sa blouse, non sans l'avoir baisé auparavant, puis elle s'assied aussi verticalement que possible, maintenant tenez-moi ça, s'il vous plaît, en tendant un miroir de poche à la femme de ménage, qui se tient les bras ballants, sans savoir comment répondre à l'ordre qui vient de lui être adressé.
Mais, ma fille, pourquoi voulez-vous ce miroir, dites-moi, vous ne pensez pas vous maquiller, il n'y a pas de fête ici pour vous faire toute belle, croyez-moi, mais Joana, décidée, aidez-moi seulement en tenant le miroir, rien de plus, je dois me préparer, je ne vais pas y aller comme ça pour que mon fils, mon mari, les médecins et les infirmières me voient dans cet état, mais ma fille, rétorque la femme, c'est toujours dans cet état qu'on met les enfants au monde, ils ne sortent pas tout habillés en jouant du piano, ici il n'y a ni toilette, ni coquetterie, il s'agit d'accoucher : non, répond Joana furieuse, et la femme fait un pas en arrière, pendant que Joana se plie pour accueillir une nouvelle contraction, non, merde, chacun fait comme il veut, dit Joana péniblement, en se tenant les reins comme si elle voulait boucher avec ses mains les pores par où s'introduit la douleur, chacun fait comme il veut, merde, mais moi j'irai préparée, vous comprenez, j'irai préparée, parce que je prépare toujours tout,

toute ma vie j'ai tout préparé, pour arriver ici préparée, et ce n'est pas aujourd'hui que je vais arrêter pour faire comme je ne sais quel troupeau, vous comprenez, vous allez m'aider en tenant ce putain de miroir, car je ne vais pas rater ce moment à cause d'une bonniche qui a peur de sortir des sentiers battus pour faire ce qu'il faut, vous comprenez, une douleur plus forte lui coupe la parole, et la femme de ménage, une larme de honte ou de pitié naissante au creux de la paupière : ça, ma fille, je ne suis pas capable de le faire, excuse-moi mais je crois que tu dépasses les bornes et que tu as besoin d'aide, je vais chercher un médecin, oui, et elle recule avec son seau, je vais chercher un médecin ou une infirmière, ils vont s'occuper de toi, parce que moi j'ai fait ce que j'ai pu, ma chérie, excuse-moi si je n'ai pas su mieux faire, mais chacun fait ce pour quoi il est né et moi, je n'ai vraiment pas le don pour ça, tu sais, et la vieille, à la porte de la pièce, sur le point de sortir en laissant Joana toute à sa souffrance, l'entend se recomposer suffisamment pour lui dire : attends, reviens ici, dit-elle, j'ai besoin de toi, excuse-moi si je t'ai crié dessus, mais ce sont les douleurs, ce n'est pas moi, tu sais bien comment c'est, n'est-ce pas, je sais, ma chérie, mais là c'est plus que les douleurs, même moi je peux voir ça, il faut que j'appelle quelqu'un, il faut rien du tout, Joana s'efforce de sortir du lit, péniblement, une jambe après l'autre, tu vas encore te faire mal, ma fille, oui si tu ne m'aides pas, mon amie, je ne peux pas, répond l'autre, s'apprêtant à tourner la poignée décolorée, reviens ici, nom de dieu, aide-moi et je ne dirai à personne que tu as été ici, dit Joana, décidée, hors de son lit, tirant sur sa perfusion comme si c'était une barque, je ne dirai pas que tu as essayé de me voler, en allant trouver mon mari pour lui demander mon porte-monnaie, heureusement que Jorge est un garçon sensé, il t'a donné une trousse sans rien qui puisse t'intéresser et toi, furieuse, tu l'as vidée sur moi, y compris les ciseaux, tu aurais pu me blesser, mon amie, la vieille, le visage écarquillé de peur, mais qu'est-ce qu'elle raconte cette folle, pense-t-elle, quelles insanités le diable lui souffle-t-il à l'oreille, je suis foutue, pense-t-elle, je suis complètement foutue, cette femme est le démon, et Joana continue, même si on ne me croit pas complètement et si tu pleures auprès de ta cheffe, tu seras forcément virée, que diras-tu à ton mari et aux voisines, lorsqu'ils apprendront que tu tentes de voler quelques pièces à des femmes enceintes, personne ne comprendra pourquoi, tu seras déshonorée, tu seras à la rue, mais tu auras honte de sortir même pour chercher du travail, ta réputation sera salie où que tu ailles, même ceux qui proposent cinq euros de l'heure pour laver les escaliers une semaine sur deux ne te donneront pas de travail, parce que les gens ne supportent les pauvres qu'à condition qu'ils ne volent pas, tu sais, ils auront pour toi un éternel regard de blâme auquel tu ne pourras plus échapper, même avec des lunettes noires, par conséquent viens m'aider, mon amie, conclut Joana reprenant le ton de voix que la femme connaît bien, celui de la petite fille qui souffre, dans l'attente de son bébé et la crainte de Dieu.

Je ne sais pas ce que tu veux, ma chérie, et les larmes coulent le long de son visage, mais tout ça va finir par se retourner contre toi, pendant qu'elle parle, la femme lâche la poignée de la porte, puis elle marche vers Joana, qui est au milieu de la pièce, elle arrive juste à temps pour la retenir pendant une contraction qui lui tord la colonne vertébrale, elle s'accroche à elle, pour la soutenir, et toutes deux restent ainsi jusqu'à ce que passe l'agonie : pourquoi me fais-tu ça, ma fille, pourquoi ne me laisses-tu pas le choix, Joana fait signe avec son doigt qu'elle veut revenir sur le lit, la femme lui passe le bras derrière la ceinture et la remorque jusqu'au port d'abri, Joana s'agrippe de toutes ses forces à la structure du lit puis, dans le même mouvement, elle se glisse par-dessus, aidée par la femme qui la pousse avec ses fesses, comme un sac de blé sur une charrette.

Maintenant tiens-moi ça car nous n'avons plus beaucoup de temps et aide-moi, Joana lui tend le miroir, que la femme prend en tremblotant, tu vas encore me faire perdre mon emploi, dit-elle, en larmes, si tu le perds, au moins ce ne sera pas pour vol, et tu en trouveras rapidement un autre, réplique Joana, qu'est-ce que tu préfères, la femme dresse le miroir à hauteur du visage de Joana, qui dit, tout en tripotant les choses éparpillées au hasard sur le lit, je préfère ça, je préfère ça, tu vas voir qu'avec ton aide je vais me faire toute belle, tu vas être contente, ce n'est pas pour ça qu'on me paie, je n'ai pas besoin de ça dans la vie, et Joana, d'accord, on ne te paie pas pour ça, on te paie pour passer la serpillière par terre sans causer de problèmes, mais tu ne t'acquittes pas très bien de la première tâche et pour la seconde il est trop tard, par conséquent tiens-moi ce miroir droit pendant que je me mets du rouge, je n'arrive pas à le faire avec mes deux mains à cause de la perfusion et des contractions, autrement j'allégerais rapidement ton fardeau, mais pourquoi, pleurniche la femme, parce que c'est mon jour et que c'est déjà assez d'être obligée d'accoucher attifée comme ça, je ne vais pas en plus y aller comme Dieu m'a mise au monde, c'était sans doute très réussi et présentable il y a trente-cinq ans, mais ça a cessé de l'être dès que sont apparues mes premières rides et dès que j'ai découvert le maquillage, comme tout le monde, maintenant si tu veux bien, et Joana ajuste le bras de la femme pour que le miroir soit dans un angle où elle peut voir son visage, puis elle sort son rouge à lèvres, les doigts tremblants et, avec ses deux mains, elle dépose une couche sur ses lèvres qui, il y a peu, étaient d'une couleur indiscernable du reste de son visage.

Joana n'est pas parvenue à la moitié de la lèvre supérieure lorsqu'elle est prise par une contraction et le bâton dévie du sillon de la lèvre pour aller se perdre dans le reste du visage, étalant une généreuse quantité de rouge entre la lèvre et le nez, Joana, recroquevillée sur elle-même et haletante, fait signe d'attendre à la femme, la contraction va s'en aller comme elle est venue, pense-t-elle, la femme pleure, assise sur un tabouret, qu'est-ce que je fais là, pense-t-elle, elle repose le miroir sur le lit, puis elle ferme les yeux, avale quelques larmes, qui parviennent à la commissure de ses lèvres par le rhizome de son visage, et Joana rétablie tant bien que mal de la contraction : encore une fois, elle ajuste le bras de la femme pour se voir dans ce simulacre de rétroviseur, encore une fois, reprend-elle, tiens bien ton bras, ne me dis pas que tu n'as pas de force après tant d'années à éplucher le sol, apostrophe Joana, en souriant, elle reprend où le gros trait de rouge s'est interrompu, le conduit de nouveau sur la lèvre, puis sur l'autre lèvre, elle se détache ça et là des contours de sa bouche, l'agrandissant par le halo de rouge dont elle l'entoure, puis aussitôt, se frottant les lèvres l'une contre l'autre, elle s'impatiente, jette son rouge à lèvres sur le lit, cherche avec ses doigts le crayon pour les yeux : nous avons peu de temps, je le sens, dit-elle, tu ne m'aides pas du tout, la femme répond, toute secouée par ses pleurs, mais que veux-tu que je fasse, et Joana crie, mais arrête de pleurer, arrête, je te dis, lâche cette saloperie, elle lui prend le miroir des mains, le jette au loin, arrête et dis-moi comment tu me trouves, quand je te le demanderai, parce que je fais ça tous les jours, moi, et ce n'est pas aujourd'hui que je vais avoir besoin que tu tiennes cette cochonnerie comme si tu étais ivre, aide-moi plutôt à trouver le crayon pour les yeux, nous avons peu de temps car j'en sens une autre qui arrive, la femme, craintive, attrape le crayon qui était sur le point de tomber du lit, elle le lui tend, Joana le lui prend des mains et elle commence à barbouiller rapidement ses paupières, plus à l'extérieur qu'à l'intérieur des contours normaux, elle fait une pause et, se tournant vers la femme, elle lui dit, avec un sourire : la chance que tu as, c'est que je ne suis pas de celles qui forcent sur le maquillage.

Tu es mouillée, dit la femme, timidement, regarde ta blouse, juste sous ton ventre, mon dieu, c'est du sang, elle montre, et Joana tire sans pudeur sur le chiffon pour constater qu'en effet, elle saigne, elle regarde la tache pendant quelques instants, puis elle dit, tout va bien, ne t'inquiète pas, c'est presque le moment, voilà tout, la femme porte ses mains à sa bouche, Dieu nous pardonne, dit-elle, Dieu nous pardonne à tous, et Joana, énervée, secoue son rimmel, l'ouvre, passe la brosse sur ses cils, nous n'avons pas le temps, reprend-elle, pendant qu'elle tire sur ces cils avec la brosse : tu crois que je dois mettre un peu de couleur, à cause de la pâleur, continue-t-elle, mais l'autre, entravée par ses doigts qu'elle ne peut détacher de sa bouche : je ne sais pas, je ne sais pas à quoi tu sers, rétorque Joana, je pensais que les femmes, même si elles sont toujours en guerre à cause des hommes, étaient capables de faire une trêve pendant qu'elles se préparent pour la bataille, mais pas toi, tu préfères pleurnicher comme si une naissance était la même chose qu'un décès, aide-moi, à la fin, lance-t-elle, aide-moi, puis saisissant deux rouges-à-lèvres différents, de couleurs distinctes, je mets celui-ci ou celui-là, dit-elle, juste pour la couleur, et la femme, retirant péniblement une main de sa bouche, désigne celui de gauche, plus clair, Joana acquiesce de la tête, tu vois, dit-elle, ce n'est pas si difficile.

Comment me trouves-tu, demande Joana à la femme, qui s'efforce de ne pas pleurer, même si des larmes involontaires naissent et glissent le long de son visage, tu es ravissante, répond la femme, tu es très jolie, on dirait une mariée, en vérité Joana est tout sauf ravissante, avec la sueur, ce qui aurait demandé des contours fermes et précis, avec une application impossible à obtenir entre deux contractions, sans miroir, les mains hésitantes, maculait encore plus, et Joana avait l'air d'un gribouillage dessiné par un enfant hyperactif, mais la femme n'a d'autre choix que de mentir, parce qu'elle est embarquée à bord de l'illusion d'autrui, mais elle ne tient pas le gouvernail, tu es ravissante, répète-t-elle, et Joana, souriante : brosse-moi les cheveux, lui dit-elle, en lui remettant une grosse brosse, en arrière, comme j'aime, le visage bien dégagé, tire autant que tu veux, n'aies pas peur de me faire mal, la femme se lève lentement de son siège, je sais pas très bien brosser, dit-elle, regarde bien mes cheveux, il suffit de tirer en arrière, interrompt Joana, je ne crois pas que ce soit très différent de manier une serpillière, la femme prend les cheveux de Joana, gluants de sueur, puis, avec la brosse, elle s'efforce de les démêler, défaisant les nœuds de l'effort, et Joana, fermant les yeux, entre les contractions, se sent presque comme si elle était chez elle, trente ans en arrière, et si sa mère la brossait après le bain, elle ne s'aperçoit même pas que les mains de la femme tremblent si fort qu'elle lui arrache de gros paquets de cheveux à chaque passage de la brosse, dont elle se débarrasse en les jetant par terre.

Ahhhhhh, crie Joana, et la femme laisse tomber la brosse, qu'est-ce qu'il y a, demande-t-elle, je t'ai fait mal, non, non, murmure Joana, c'est une douleur, une douleur aux reins, qui est venue avant la contraction, ahhhh, continue-t-elle, celle-ci est plus forte, c'est maintenant, mon corps est prêt, et elle se replie sur elle-même, la femme fait deux pas en arrière, mon Dieu, dit-elle tout bas, et Joana se redresse, soulevée par sa colonne vertébrale, puis elle crie ahhhhhhh, mon Dieu, ça fait mal, crie-t-elle, elle se tourne vers la femme : va les chercher, empotée, va les chercher car nous y sommes, et gare à toi si tu ne te fais pas entendre, ahhhhh, dépêche-toi, Joana s'étale sur le lit en se contorsionnant comme un poisson hors de l'eau, pendant que la femme, terrifiée par ce qu'elle voit ou par ce qu'elle a vu, disparaît derrière la porte, abandonnant pour la première fois son seau et sa serpillière et, dans le couloir, loin déjà de la salle de travail, les cris de Joana qui la poursuivent encore.

*

Madame l'infirmière, Madame l'infirmière, entend-on, timidement, l'infirmière se tourne vers la voix, excusez-moi de vous déranger, dit la femme de ménage, toute tremblante et en pleurs, décomposée par le malheur, il y a là-bas une femme, dans la salle de travail, il y en a encore une, demande l'infirmière, oui, répond la femme, mais qu'est-ce qui vous arrive, mon dieu, il vous est arrivé quelque chose, rien, rien, répond l'autre, c'est la femme qui est en salle de travail, je crois qu'elle n'est pas bien, dit-elle je crois qu'elle n'est pas bien, comment ça, interrompt l'infirmière, elle ne tourne pas rond, infirmière, elle est là-bas, sur le point d'avoir son bébé, elle crie, ça va, soyez tranquille, asseyez-vous et prenez un verre d'eau, je vais y aller, merci, répond la femme de ménage, merci, vous n'entendez pas les cris d'ici, infirmière, je les entends, maintenant je les entends, mais on n'y va pas chaque fois que ça crie, autrement on y passerait la journée et on en deviendrait folles, l'infirmière fait un clin d'œil à la femme de ménage avant de tourner les talons pour sortir.

Qu'est-ce que c'est que ce bazar, s'exclame l'infirmière en rentrant dans la salle de travail, où Joana se contorsionne sur son lit, d'où vient cet attirail, s'adressant à Joana, vous ne savez pas que vous n'avez pas le droit d'introduire quoi que ce soit ici, encore moins des cochonneries de produits de beauté, Joana ne répond pas, elle est pliée sur elle-même, tout au plus, elle crie, mais l'infirmière, furieuse, balaie le lit avec sa main et jette tout par terre, quelle cochonnerie, regardez dans quel état vous vous êtes mise, vous êtes fière, demande-t-elle, et Joana, refaisant surface après une contraction, vous ne me trouvez pas jolie, madame l'infirmière, elle sourit, l'infirmière se retourne et chausse un gant : écoutez-moi, vous avez bu, ou vous prenez de la drogue, mais quand elle revient vers Joana, elle s'aperçoit que la blouse est tachée de sang, et le lit aussi, il y a une petite flaque rouge, qui coagule avec une texture caramel, l'infirmière porte sa main à sa poitrine, qu'est-ce qu'elle a fait comme bêtise, cette demeurée, pense-t-elle, doux jésus : dites donc, s'exclame-t-elle, regardez-moi bien, c'est vous qui avez fait ça, elle prend le bras de Joana avec rudesse, comme si elle s'adressait à un enfant, elle répète : c'est vous qui avez fait ça, vous avez introduit quelque chose à l'intérieur, vous vous droguez, vous avez bu, mais Joana ne répond pas, elle se contente de gémir en faisant non de la tête, cette demeurée ne tourne pas rond, pense l'infirmière, couchez-vous, ordonne-t-elle, couchez-vous, et quand Joana s'est étendue, sur le dos, sans parvenir à trouver un appui à cause des douleurs, le lit se met en branle, nous y sommes, pense Joana, c'est pour bientôt, puis elle ferme les yeux, pendant que les lampes du plafond défilent avec leur éclat anorexique. L'infirmière s'approche du médecin de service : docteur, docteur, le médecin a la tête appuyée sur sa main, les yeux rivés sur un écran, où se succèdent des introductions d'examen et une recherche d'appartement, dites, infirmière, sans quitter l'écran des yeux, c'est une parturiente, je vous l'ai amenée, docteur, oui, j'ai bien compris, répond le médecin, en effet, elle crie, et que se passe-t-il, elle est en travail, docteur, ne le sont-elles pas toutes, ironise le médecin, ne sommes-nous pas dans une maternité, si docteur, mais celle-ci présente une hémorragie, sans compter qu'elle donne des signes de ne pas aller bien mentalement, là d'accord, pourquoi ne me l'avez-vous pas dit plus tôt, puis, en se levant, il ajuste son stéthoscope, allons voir ça, il sort du bureau, avec l'infirmière qui le précède à la porte.

Alors, que se passe-t-il, lance le médecin en guise de bonjour, il referme aussitôt le sourire de son visage en voyant Joana toute barbouillée de maquillage et de sueur : infirmière, coupe-t-il, qui l'a laissée faire ça, je ne sais pas, répond l'infirmière craintivement, je l'ai déjà trouvée comme ça, je ne sais pas si elle a bu ou si elle se drogue, *a priori* elle n'a pas le type, pendant ce temps le médecin enfile des gants : en anthropologie culturelle, une matière optionnelle que j'ai choisie, commence le médecin, parce que j'en avais assez d'apprendre des tonnes de choses auxquelles je ne pouvais pas ajouter un seul paragraphe d'opinion personnelle, écartez les jambes, s'il vous plaît, à Joana, et elle tente de le faire, mais ses douleurs l'en empêchent, aidez-moi infirmière, celle-ci s'approche de Joana pour lui maintenir une des jambes pliée, juste ce qu'il faut pour que le médecin puisse se livrer à son exploration spéléologique, chez certaines tribus de l'Océanie, poursuit-il, les femmes savent qu'elles sont sur le point d'accoucher lorsque certains signaux apparaissent sur leur visage, une sorte de rougeur autour des yeux et de la bouche, ce qui n'est au fond qu'une version primitive de celle-ci, qui s'est complètement barbouillée pour venir ici, à moins que ce soit l'inverse, celle-ci est une version, couchez-vous juste un peu plus sur le côté, s'interrompt le médecin, pour corriger la position de Joana, une version post-moderne de cette culture archaïque, si ça se trouve elle a du sang tribal dans les veines, et c'est pourquoi elle s'est préparée rituellement, effectivement c'est bien du sang ici en bas, mais ça vient de l'anus, une vilaine hémorroïde qui a éclaté, quoi qu'il en soit elle a des contractions très rapprochées : espacées de combien les contractions, il se tourne vers Joana, après s'être dégagé de son entrejambe, de deux en deux minutes, répond-elle, haletante, alors il est temps, voyons voir cette dilatation, il introduit sa main dans le vagin, puis la retire pour s'exclamer, huit doigts, faites-la entrer, pressons un peu, il tire lui-même sur le lit, près de la tête de Joana, pendant que l'infirmière pousse sur le

côté, mais pourquoi vous êtes-vous maquillée, vous n'êtes pas bien, pour être belle pour mon enfant, et la caravane passe en silence.
Dans la salle d'accouchement, le médecin commande les opérations, il appelle la sage-femme, qui s'approche de Joana, ma chérie, pourquoi vous êtes vous fardée comme ça, ça ne ressemble à rien, et le médecin, c'est un rite ancien de sa tribu, il rigole, mais Joana, je voulais être belle pour Francisco, vous êtes assez belle comme ça, vous n'avez pas besoin de tout ça sur le visage, encore moins comme ça, comme ça comment, demande Joana, rien, répond la sage-femme, c'est bien comme ça, Joana tente de sourire par-dessus sa douleur, mais elle n'y arrive plus, alors elle laisse tomber une paire de larmes, car parfois, quand on ne peut pas sourire, c'est encore ce qu'il y a de plus ressemblant.

Où est passé le CTG, on va le brancher vite fait car je n'entends pas le battement cardiaque du bébé, réclame le médecin, les machines sont de l'autre côté et celle-ci n'est plus en très bon état, objecte l'infirmière, à quel point elle n'est plus en bon état, demande le médecin, elle a eu des ratés toute la matinée, n'est-ce pas, se tournant vers la sage-femme en quête d'approbation, en effet, dit la sage-femme, parfois elle capte le signal, parfois pas, ça doit venir des câbles qui relient l'appareil aux capteurs, un faux contact, ok, faute de mieux, tranche le médecin, il va bien falloir faire avec, n'est-ce pas, l'infirmière commence à envelopper

Joana dans la ceinture du CTG, sur le papier qui se déroule commencent à surgir les premières courbes, la machine donne son verdict, par des graffitis inquiets, qui représentent les contractions, mais, pour ce qui est du bébé, rien, se plaint le médecin, cette machine, elle est en panne ou en panne intermittente, continue-t-il, tout fonctionne sauf l'ECG du fœtus, saloperie de machine, que ceux qui l'ont utilisée tout à l'heure m'expliquent ce qui se passe, la sage-femme vient au secours de la machine, elle donne quelques coups de pieds sur le connecteur de la sonde, aucun changement, en fait, dit-elle, ça fonctionne, on voit apparaître les courbes des contractions, si on ne voit pas celle du cœur du bébé, c'est peut-être parce qu'il n'est pas en train de battre, le médecin, le stéthoscope à nouveau en mains, s'approche du ventre, bordel, dit-il, il n'est pas en train de battre, que dit la fiche, qu'on me lise la fiche, docteur, interrompt Joana, on peut appeler mon mari, Jorge, il est dans la salle d'attente, oui, répond le médecin, quelqu'un va aller le chercher, mais pas maintenant parce que j'ai besoin de toutes les mains et de toutes les têtes ici, ça se complique, nous allons devoir ouvrir pour voir, elle est sous péridurale, que dit la fiche, quelqu'un peut-il me lire cette fiche de merde, et l'infirmière, la fiche ne dit rien, docteur, ni qu'elle a fait une péridurale, ni qu'elle doit en faire une, alors il faut appeler l'anesthésiste pour l'endormir afin de lui enlever le bébé, sur quoi Joana se cabre violemment, sortant une de ses jambes hors des barres du lit, non, crie-t-elle, entre des gémissements, pas endormie, ou ils vont me le prendre, c'est ce que veut cette salope, elle désigne l'infirmière, endormez-moi et je vous tuerai tous autant que vous êtes, elle tente de se lever de son lit, et si elle n'y parvient pas, c'est seulement parce que la sage-femme se couche littéralement sur elle, infirmière, crie-t-elle, aidez-moi avec les sangles, l'infirmière accourt pour attacher les bras et les jambes de Joana, le médecin prête la main et, en un rien de temps, Joana est sur le dos, complètement attachée au lit, en position sacrificielle, pourrait-on dire, si le contexte n'était pas celui d'une maternité.

Celle qui va chercher l'anesthésiste peut aussi aller appeler le mari, il pourra peut-être nous aider à comprendre la situation, vous entendez, je vais y aller moi, dit la sage-femme, ma présence est inutile ici pour le moment, et Joana continue à répéter que non, qu'elle ne veut pas être endormie, parce qu'on va lui prendre l'enfant, cette salope, insiste-t-elle, cette salope m'avait déjà prévenue, vous êtes tous de la même engeance, vous voulez donner mon bébé à cette salope stérile, amenez-moi Jorge, il va s'occuper de vous, et le médecin : mais pourquoi s'entête-t-elle après vous, infirmière, je n'en sais rien, docteur, j'espère seulement que le mari ne sera pas du même genre, observe le médecin, ça serait vraiment le comble, dit l'infirmière, mais normalement il n'y a qu'un canard boiteux par famille, vous n'avez jamais entendu dire ça, en effet, je l'ai déjà entendu, ce serait vraiment trop de malchance, la malchance, c'est ce que nous laisse la chance quand elle nous quitte, qui a dit ça, docteur, c'est moi, il y a longtemps, c'est joli, en effet, et c'est vrai, ils restent tous deux silencieux sous l'averse de cris que Joana ne cesse de provoquer. Entre l'anesthésiste, le médecin va à sa rencontre, ils se parlent par-dessus Joana, la montrant du doigt, puis la machine qui continue à crachoter sa collection de sommets en aiguilles, tous deux concluent par un oui insonore, qui se traduit par un hochement de tête, il faut faire vite, dit le médecin, je ne sais pas depuis combien de temps nous avons perdu le pouls et c'est un prématuré, j'aurais déjà incisé mais la carne ne tient pas en place et je risquais de merder, j'ai préféré attendre encore une minute, j'espère que ce n'était pas une minute de trop, mais non, tu as très bien fait, répond l'anesthésiste, tu n'allais pas risquer de tout foutre en l'air s'il lui prenait de faire un geste brusque, tu aurais eu un procès, tu te souviens de Lourenço et des jumeaux – le gars, plein de bonnes intentions –, pendant qu'il parle, il branche des tubes et serre et desserre des valves, pour faire sortir le second, parce que le fœtus était en souffrance, la péridurale ne faisait plus effet, il décide alors d'inciser, mais la carne bouge et elle commence à crier, il lui lacère tout le ventre, sans parvenir à l'utérus, putain, un carnage, le médecin rétorque, aussi il s'est entêté, il aurait très bien pu s'arrêter quand il a vu que la première incision avait merdé, il n'aurait pas dû s'acharner, ouais, c'est sûr, mais dans le feu de l'action, ça c'est vrai, ça va prendre encore longtemps, non, on y est presque, et Joana continue à crier, sortez-moi de là, bande de fils de putes, cette salope veut me prendre mon enfant, le médecin à l'infirmière, mettez-vous derrière elle pour qu'elle cesse de crier, soyez gentille, parce que j'ai déjà largement dépassé ma dose quotidienne d'ibuprofène et cette cinglée ne se tait pas, l'infirmière obtempère, elle s'écarte progressivement, Joana la suit des yeux en l'insultant et, dès qu'elle ne la voit plus, Joana explose, si l'on peut dire, parce qu'en fait ça fait déjà un moment qu'elle est en éruption, c'est maintenant, misérables, salauds, c'est maintenant, cette pute se cache pour me le prendre dès que vous m'aurez endormie, je veux qu'elle sorte d'ici, bande de fils de putes, et le médecin : il manque encore longtemps, non, on y est presque, répond l'anesthésiste, le médecin se tourne, on pourrait peut-être faire sortir l'infirmière, juste un instant, le temps qu'on termine, d'accord, il lui fait un clin d'œil pour lui dire, ne sors pas, fais juste semblant, pour voir si cette cinglée se tait, et l'infirmière, d'accord docteur, je reviendrai plus tard, elle fait silence loin du champ de vision de Joana, mais celle-ci, qui n'a rien d'une idiote, vous allez m'endormir, puis la salope va revenir pour me prendre mon enfant, vous croyez que je ne sais pas ce qui se passe, personne ne va m'endormir, dégage, à l'anesthésiste, assassins, dégagez, si Joana n'était pas attachée, sa fureur enverrait tout valser, plus forte que les douleurs des contractions, cette nana est complètement siphonnée, murmure le médecin, c'est bon, dit l'anesthésiste, et il s'apprête à poser sur Joana un masque qu'elle tente désespérément de rejeter, mais l'infirmière, par derrière, lui tient la tête, encore un petit peu, ce n'est rien, lorsque Joana est sur le point de cesser l'apnée dans laquelle elle s'est jetée dès qu'elle a vu le masque s'abattre sur elle, on entend une voix pour la première fois, un cri : arrêtez, enlevez-lui le masque, et, en silence, l'anesthésiste lui enlève le masque, assez pour que Joana ait le courage de reprendre son souffle, même si elle sent toujours l'odeur du gaz qui lui effleure le nez.

Ce n'est pas la peine, dit un médecin qui entre dans la salle, ce n'est pas la peine, mais le fœtus, vous ne voyez pas le CTG, interrompt le second, perplexe, oui, mais ce CTG est comme ça depuis longtemps, ce n'est pas la peine, la machine marche bien maintenant, répond l'infirmière, la lecture est bonne, oui, je ne parle pas de ça, c'est le CTG de cette femme qui est comme ça depuis longtemps, parce que le fœtus est mort depuis qu'elle est entrée ici, ayant déjà perdu les eaux et en commencement de travail, putain, mais vous ne lisez pas les fiches, et le médecin : j'ai demandé qu'on me lise la fiche et je n'ai entendu aucune indication semblable, docteur, voyez vous-même, alors le médecin nouveau venu prend la liasse de papiers posée sur une bannette métallique : ici, il montre du doigt, vous voyez cette référence, il y a une note de bas de page qui renvoie à son état lors de son admission, elle a fait un premier CTG et même une écho, vous voyez bien, tout est là, les deux médecins regardent la fiche, et le premier : vous m'excuserez, collègue, mais c'est complètement imperceptible, c'est une rature qui renvoie à une flèche qui à son tour désigne ceci, et les cases ne sont même pas renseignées, comment est-ce que je peux deviner que ça, ce sont des pulsations, c'est zéro, interrompt l'autre, mais zéro quoi, zéro pulsations, mais il n'y a aucun symbole ni rien d'écrit, et c'est au dos de la feuille, moi, poursuit-il, indigné, si je voyais ça au dépistage, d'un geste large il désigne le lit, je l'inscrirais bien clairement sur la première feuille, vous m'entendez, sur la première feuille, pour éviter qu'un collègue, par la suite, ne se lance dans des procédures d'urgence pour récupérer un fœtus qui est mort depuis longtemps, mais ça c'est moi, qui suis sympa pour les collègues, si ça se trouve, c'est pour ça qu'on ne m'apprécie pas et que tout le monde ici a de l'avancement sauf moi, mais pas du tout, docteur, rétorque le nouveau venu, je suis venu moi-même vous apporter la nouvelle, vous m'excuserez, mais ce n'est même pas moi qui ai inscrit les données sur la fiche, c'est le chef de service, il a vu la dame lui aussi, vous comprenez, pour moitié c'est mon écriture et pour moitié la sienne, vous voyez, il montre la fiche, moi je suis gaucher, vous comprenez, on voit que l'écriture penche, mais pas lui, regardez, tous deux observent la différence, d'une feuille à l'autre, entre les écritures, entre les diagnostics, puis le premier, pas complètement satisfait : collègue, à l'anesthésiste, vous arrivez à comprendre, vous, il lui met la liasse sous les yeux, moi je n'ai rien à voir là-dedans, collègue, moi j'en ai terminé ici, je vais retourner à mes affaires, quinze ou vingt minutes c'est précieux, si vous n'avez plus besoin de moi, j'y vais, mais le médecin le retient par le bras, collègue, poursuit-il, juste une opinion pour nous départager, vous trouvez qu'on peut lire quelque part ici que le fœtus est mort, ou que c'est moi qui exagère et qui suis mauvais collègue, je vous ai déjà dit, coupe l'anesthésiste, que je ne me mêle pas de vos histoires, surtout avec le chef de service, ne soyez pas bête et ne vous créez pas de problèmes, réplique-t-il, nous ne l'avons pas endormie et nous avons évité la césarienne, maintenant il n'y a qu'à laisser la nature suivre son cours, ça ne devrait pas tarder, je pourrais tout au plus lui faire une péridurale, mais comme personne ne me l'a demandé, salut, je vais fumer une clope et j'ai trois cents *mails* en retard, il paraît qu'au Canada ils sont en manque d'anesthésistes et ils paient bien, donc, amusez-vous comme vous voulez avec la calligraphie et toutes ces conneries, mais moi je me casse, et l'anesthésiste passe devant les deux médecins, un homme de près de deux mètres, ils se dirige vers la porte, indifférent aux cris de Joana.

Quelle journée, soupire le premier médecin, il y a des jours comme ça, acquiesce le dernier arrivé, mais vous, collègue, qu'est-ce que vous êtes venu faire là, pourquoi revenir, pour vous dire la vérité, j'ai terminé mon service, mais comme je n'ai jamais vu d'accouchement comme celui-ci, et comme il y a un risque d'embryotomie si elle ne fait pas une dilatation complète, j'ai pensé que, vous êtes venu pour me voir charcuter le fœtus à l'intérieur de l'utérus, coupe le premier, non, je veux dire, oui et non, j'ai pensé que vous seriez d'accord pour me laisser opérer, c'est la première fois, je ne l'ai jamais fait, je me suis dit que vous auriez peut-être la gentillesse de me laisser faire, on ne progresse que par l'expérience, n'est-ce pas, collègue, et le nouveau venu donne une tape amicale sur le médecin de service, qui répond, je ne crois pas que ça va être possible, la dilatation est déjà suffisante et elle a assez de contractions pour achever le travail, alors pour votre apprentissage, il prononce le mot avec dédain, il faudra attendre : dommage, répond l'autre, mais vous voulez bien que je reste, collègue, pour le cas où, et de toute façon, je n'ai jamais assisté à la délivrance d'un mort-né, conclut-il, mais qu'est-ce que vous avez déjà fait, au juste, rétorque le premier avec dureté, peut-on au moins être sûrs que ce n'est pas votre premier accouchement, écoutez, collègue, des accouchements normaux, j'en ai fait des douzaines, avec des cordons autour du cou, des césariennes, des présentations de toutes sortes, ça, vous pouvez être tranquille, j'ai l'esprit scientifique, voilà tout, termine-t-il en souriant.

Il va falloir enlever ça, dit l'infirmière en approchant ses mains du cou de Joana, gémissante, haletante, afin de lui retirer son rosaire, mais Joana lui mord la main, elle la serre avec toute la force qu'elle a dans la mâchoire, jusqu'à sentir sa bouche remplie de sang, puis elle lâche parce qu'un des médecins accourt et parvient, avec ses doigts, à lui écarter les mâchoires : cette salope, crie l'infirmière, cette salope a tenté de me tuer, je vais avoir des points de suture, ça va encore s'infecter, cette salope cinglée, je m'en vais, les gens sont dingues, infirmière, dit le médecin de service, laissez-moi voir ça, et Joana rigole, elle rigole aussi fort qu'elle peut, jusqu'à ce qu'une nouvelle contraction coupe son élan en lui pliant l'échine et en posant sur sa bouche un bâillon de douleur, ça n'a pas l'air joli, poursuit le médecin, elle a de bonnes dents la carne, il faut aller aux urgences pour coudre ça, infirmière, et celle-ci, en pleurnichant, quelle peau de vache, je voulais juste lui enlever son rosaire pour qu'elle ne se blesse pas, laissez tomber, répond le médecin, laissez tomber, il fait un geste pour signifier qu'elle est folle, l'infirmière acquiesce de la tête, ça fait vraiment mal, je veux bien le croire, répond l'autre, enveloppez-moi ça avec cette compresse et dépêchez-vous, voyez si vous trouvez quelqu'un pour vous remplacer ici, parce qu'ici ça pourrait se corser, d'accord, docteur, excusez-moi, vous n'avez pas à vous excuser, cette salope, et elle tourne le dos à Joana, la main bandée, la tête baissée par le poids des larmes, ou par la honte, empruntant le couloir d'un pas hésitant.

Combien de doigts de dilatation, demande le nouvel arrivé, huit, répond le médecin de service, vous trouvez que ça suffit, collègue, pour un prématuré, six doigts suffiraient, assène-t-il, sûr de lui, si ça ne suffit pas, on tirera, mais je suis certain que ce ne sera pas la peine, même la sage-femme, si seulement je la trouvais – mais où est-elle donc passée, dit-il pour lui-même – ferait ça très bien, mais nous n'avons plus personne, vous allez donc devoir m'aider, collègue, parce que je n'ai plus de bras, comme vous pouvez voir : bien sûr s'empresse de répondre l'autre, dites-moi seulement où vous voulez que je me place, tenez, si vous voulez bien, appuyez sur le ventre pour expulser le fœtus, utilisez le coude, comme font les infirmières, n'ayez pas peur pour le fœtus, ce n'est pas grave s'il a quelques os cassés, plus il reste à l'intérieur, plus il y a de risques, à ce moment-là, collègue, si vous suivez ce raisonnement, vous pourriez faire ce que je proposais, non, collègue, pas pour l'instant, dommage, dommage en effet, et ils s'approchent de Joana.

Voyons où nous en sommes, il baisse la tête pour avoir un meilleur accès visuel au vagin de Joana, tout est en marche, comment vous sentez-vous, mon amie, il faut qu'il sorte, gémit Joana, en effet, répond le médecin, et il va sortir dans un instant, il faut m'aider maintenant, quand je vous dirai de pousser, vous poussez, vous m'entendez, et quand je vous dirai d'arrêter, vous arrêtez, compris, oui, alors maintenant poussez, et Joana se contorsionne complètement, les pieds et les mains attachés, on dirait qu'on la branche au courant, ahhhh, crie Joana, c'est bon, dit le médecin, c'est bon, plus la peine de pousser, vous pouvez vous reposer maintenant, Joana se laisse retomber, épuisée, les yeux rouges à cause du rimmel qui coule dans ses canaux lacrymaux, les lèvres sèches : j'ai soif, elle se tourne, c'est trop tard, tranche un des médecins, on y est presque, dit l'autre, je vais essayer de le tirer à la prochaine, vous pouvez m'aider avec votre coude, collègue, à votre aise, dès qu'elle commencera à pousser, ok, arrive la contraction que tous attendent : poussez, ordonne le médecin, poussez, et Joana se contracte autant qu'elle peut, elle retient sa respiration, on dirait que ses tympans vont sortir de ses oreilles, le médecin auxiliaire appuie son coude sur le ventre de Joana, il pèse sur elle de tout son poids et Joana n'est plus qu'un trou dans le mur d'où les deux hommes extrairaient un sac de billets, je vois la tête, dit celui qui est aux commandes, poussez encore, et Joana, exténuée, essaie de retenir encore sa respiration une demie minute, poussez encore, entend-elle, mais elle n'en peut plus, elle laisse retomber son dos, on y était presque, dit le médecin, on y était presque, s'adressant au médecin qui retire son coude du ventre

de Joana, je ne me suis pas bridé, dit-il, j'ai donné tout ce que j'avais, on va voir à la prochaine, répond l'autre, on y va, comme pour une prise de catch, vous avez certainement déjà vu, collègue, avec le coude comme ça, il fait le geste en l'air, je ne sais pas, dit l'autre, je ne regarde pas ça.
La sage-femme entre avec Jorge, ils ont couru : vous voyez, ce n'est pas encore fini, dit la sage-femme, comment va le bébé, se tournant vers le médecin, le bébé est mort, répond-il, il est mort depuis longtemps, apparemment depuis l'admission à la maternité, d'après le collègue, il désigne le médecin à côté du lit, mort, laisse tomber Jorge, mort comment, incrédule, pourquoi ai-je couru, pense-t-il, moi qui fais de l'asthme, si ça se trouve je me suis fait du mal, tout en pensant, il se rend compte de ce qu'il pense et, comme si ses pensées étaient des petits enfants, il les gronde, il les envoie se coucher sans dîner, ces gamines me font honte, pense-t-il, je me fais honte moi-même, parce qu'elles sont ce que je suis, puis il termine en disant, mort ?

Comment se fait-il que le mari ne soit pas au courant, demande le médecin de garde à l'autre, je ne sais pas comment ça se fait, répond l'autre, après tout, je ne suis pas sa femme, c'était à elle de lui dire, pas à moi, en effet, mais elle ne l'a pas fait, mort, continue Jorge, la main de la sage-femme dans la sienne, vous en aurez un autre, vous êtes jeunes, vous en aurez un autre, et le médecin de service, maintenant, collègue, vous pouvez peut-être m'aider à expliquer ça à monsieur, puisque c'est vous qui avez commencé par recevoir son épouse, ne trouvez-vous pas, c'est exact, dit l'autre, mais dans ces cas-là il n'y a pas grand-chose à dire, peut-être qu'après l'autopsie, avec les collègues de la pathologie : maintenant, coupe le premier, venez avec moi maintenant lui dire n'importe quoi, c'est-à-dire ce que vous savez et ce qu'il doit savoir, ni plus ni moins, le médecin de garde se lève et tire l'autre médecin par le bras, j'y vais, collègue, se plaint ce dernier, autopsie, répète Jorge, vous en aurez un autre, vous êtes jeunes, vous en aurez un autre, autopsie, allez expliquer à monsieur ce qui s'est passé, comment et pourquoi il était là-bas depuis si longtemps sans rien savoir, vous êtes jeunes, vous en aurez un autre, vous êtes jeunes, les deux médecins abandonnent Joana, qui crie, gémissante, couchée là-bas sur son lit, à son sort, expliquez-lui donc ce qui s'est passé, il n'y a pas grand-chose à dire, autopsie, répète Jorge, oui, autopsie, répète le deuxième médecin, avant ça, interrompt le premier, que s'est-il passé avant ça, madame est arrivée, avant ça madame est arrivée, je lui ai mis le CTG, le CTG, reprend Jorge interrogativement, oui le CTG, cette machine qui sert à voir les contractions et le battement de cœur du bébé, je lui ai mis le CTG, continue-t-il, et comme il n'y avait pas de signal pour le cœur, tout comme maintenant, il montre la machine qui continue à vomir furieusement son interminable relevé de courbes, je l'ai auscultée, je lui ai fait une écho, mais rien, le fœtus est mort, ai-je pensé, je lui ai dit, votre bébé est mort, je crois que c'est ce que j'ai dit, le bébé est mort, dit Jorge en écho, puis est arrivé le directeur qui a confirmé, tout est écrit, comme vous pouvez voir, il s'empresse d'aller chercher la fiche clinique pour la montrer à Jorge, ça, ces lettres de l'alphabet et ces chiffres, ça veut dire que le bébé est mort, pense Jorge, c'est ça que ça veut dire, se demande-t-il, ça ne veut pas dire qu'on peut descendre un fleuve impétueux sans expérience, ça n'est pas une recette d'accras de morue, ça veut dire *il est mort,* voila ce que ça veut dire, tout comme *autopsie,* si ça se trouve, le 38, qu'il fixe, ça veut peut-être dire *autopsie,* et le 3 cc veut peut-être dire qu'il est mort, parce que je ne vois nulle part *le fœtus est mort,* si ça se trouve les gens, nous, sur les fiches, on est des numéros, ils nous calculent jusqu'à obtenir un résultat, et chaque examen, chaque intervention, chaque opération concourt à l'équation et, au final, selon le résultat, toutes choses égales par ailleurs, il est mort, répète Jorge, et le médecin confirme, sereinement, il est mort.

Le médecin de garde pose sa main sur l'épaule de Jorge, je regrette, dit-il, l'autre fait le même geste, je regrette, et Jorge, je regrette, ils restent ainsi tous les trois, jusqu'à ce que la sage-femme, venant de l'autre bout de la pièce : Jorge, je peux vous appeler comme ça, demande-t-elle, oui, répond Jorge mécaniquement, votre femme, et vous-même, monsieur, vous êtes religieux, ma femme plus que moi, mais oui, nous le sommes, voulez-vous alors que je baptise le bébé, quel bébé, interrompt Jorge, le vôtre, répond la sage-femme, et de votre femme, mais il est mort, oui, c'est certain, mais nous avons des fonts baptismaux et je peux le baptiser, à quoi bon, objecte Jorge, effectivement ça n'a pas de sens, risque le médecin qui a observé Joana au début, que ça ait du sens ou non, c'est aux parents de décider, interrompt la sage-femme, péremptoire, je ne sais pas, finit par dire Jorge, irrésolu : demandez à Joana, je lui ai déjà demandé, et qu'a-t-elle dit, elle n'est pas en état de répondre, comment ça, demande le médecin de garde, elle n'est pas en état de répondre, répond la sage-femme, elle n'est pas en phase avec la réalité, elle pense que le bébé est vivant, que je suis venue le laver ou lui aspirer les muqueuses, il faut aller la voir : je vais aller lui parler, décide l'autre médecin, allez-y, dit la sage-femme pendant qu'elle se tourne vers Jorge, j'ai besoin de votre décision, je ne sais pas quoi vous dire, à votre avis que dirait-elle, je crois qu'elle dirait oui, je vais le baptiser alors, elle se dirige vers les fonts, à hauteur de sa poitrine, et Jorge voit finalement l'enfant quand l'infirmière le découvre en écartant le linge qui l'enveloppait, il est minuscule, pense-t-il, mais vous pourrez en avoir un autre, vous êtes jeunes, le médecin de garde ne retire pas sa main de son épaule, et Jorge est tout entier poids, autopsie, et le médecin, de son côté : il est mort, vous comprenez, il était déjà mort quand je l'ai vu, vous savez, ça fait un bail qu'il est mort, en plein dans la figure de Joana, qui apparemment l'ignore – vous êtes jeunes, vous pourrez en avoir un autre –, il est mort, madame, vous m'entendez, il la secoue, je crois qu'elle est en état de choc, putain, venez voir ça, il appelle le médecin de garde, mais celui-ci lui fait signe que non avec ses doigts, il est là pour soutenir le mari, chacun sa croix, je te baptise, la sage-femme, près des fonts baptismaux, l'eau qui coule de ses doigts, cristalline, vous pouvez en avoir un autre : votre enfant est mort, vous comprenez, I.L. E.S.T. M.O.R.T., ce n'est pas votre faute, ce n'est la faute de personne, mais il est mort, il ne reviendra pas des bras de la sage-femme, il vaut mieux accepter ça maintenant plutôt que de passer le reste de votre vie imbibée d'antidépresseurs, ou pire encore, sans dormir ni manger, réveillez-vous madame, il la secoue à nouveau, parfois on peut défaire un choc avec un autre choc, il se tourne vers son collègue, qui maintenant embrasse Jorge, laissez tout sortir, vous êtes jeunes, vous pourrez en avoir un autre, Jorge ne sait pas où mettre ses bras, ce serait bien si on pouvait les lui couper net, comme ça il aurait une excuse pour continuer à ne rien faire, activité qu'il sent lui convenir le mieux, au nom du père, déballez tout, une forte étreinte paternelle qui appelle une réciproque impassible et complice, vous êtes jeunes, réveillez-vous madame, réveillez-vous, si elle continue je vais lui donner une injection d'adrénaline, pour voir si elle se remet en marche, ça l'a bien secouée, déballez tout, seigneur, pense Jorge, faites que mes bras tombent, il est mort, et du saint esprit.

Voulez-vous le voir avant que je l'emmène, demande la sage-femme à Jorge, qui se dégrafe des bras du médecin en se laissant couler sur une chaise, abandonné par ses forces, pour quoi faire, marmonne-t-il tête basse, parce que c'est votre enfant, vous lui avez donné un nom, vous voudrez peut-être le voir aujourd'hui encore, aujourd'hui plutôt qu'à l'enterrement, où il sera beaucoup plus mort, à tout le moins en apparence, et Jorge laisse échapper enterrement, oui, répond la sage-femme, enterrement, après tout il est né et, même mort, à cet âge gestationnel, il a droit à un enterrement puis, s'adressant au médecin converti en ancre affective, corrigez-moi si je me trompe, docteur, mais il me semble bien que c'est comme ça que ça marche, à quoi le médecin, je crois que oui, nous avons eu un cas semblable il y a quelques semaines, mort, pense Jorge, enterrement, le médecin reprend, il faut aussi l'enregistrer, n'oubliez pas, parfois les gens oublient, puis ça fait des histoires, parce que les registres de la maternité et ceux de l'état-civil ne coïncident pas, j'avais oublié ce problème, repartit la sage-femme : voyez, regardez-le, elle met le bébé bien devant lui, Francisco, une miniature de miniature de personne comme le sont tous les nouveaux nés, pas beaucoup plus grand qu'un portable, estime Jorge intérieurement, mort, il faut le faire enregistrer et enterrer, nous pouvons en avoir un autre, nous sommes jeunes, c'est un beau bébé, pour un prématuré, opine la sage-femme, Jorge s'efforce d'apprécier, sur le plan esthétique, la petite figure potentielle de personne qui gît inerte entre deux linges anonymes, livide de vie dissipée, je l'ai vu, dit Jorge, la sage-femme s'éloigne, Francisco dans les bras, je l'emmène à l'anatomie pathologique, dit-elle, le médecin de garde acquiesce de la tête, enterrement, vous êtes jeunes, et maintenant, demande Jorge, maintenant, ils vont l'ouvrir, pour comprendre pourquoi il est mort, il y a sûrement une cause et ça nous aidera, à l'avenir, à prévenir plutôt que guérir, comme on a fait aujourd'hui, non, interrompt Jorge, ce n'est pas ça, que faisons-nous maintenant, Joana et moi, ah ça, excusez-moi, je croyais que vous vouliez connaître le processus auquel votre enfant va être soumis, mon enfant est mort, répond Jorge, la tête dans les mains, assis comme s'il était en train de penser, ou de pleurer, en vérité les deux se confondent, dans la forme comme dans le fond, mais il continue d'être votre enfant jusqu'à l'enterrement, se justifie le médecin, c'est ça l'important, ça devrait l'être pour vous, pour moi, maintenant, l'important c'est Joana, Joana ne va pas très bien, avance le médecin, Joana ne va pas très bien.

Regardez-moi ça, entend-on, regardez-moi ça, c'est le médecin resté près de Joana, chaussé de ses gants, qui contemple un gros morceau de ce qui paraît être de la gomme de sang, quel beau placenta, s'exclame-t-il, quel magnifique placenta, n'êtes-vous pas d'accord, docteur, le montrant à l'autre, avec une fierté de pêcheur, le médecin de garde acquiesce, en effet, c'est un beau placenta, ce n'est certainement pas de ça que le bébé est mort, il est énorme, irrigué comme une rizière, n'est-ce pas votre avis, interpose l'autre, ça semble être un magnifique spécimen, on devrait le peser, avance-t-il, ils vont le faire à l'anatomie, répond le médecin de garde, vous ne voulez pas qu'on le pèse maintenant, juste pour avoir une idée, ce qu'ils feront à l'anatomie, on n'en saura rien, mais pas du tout, il n'y aura qu'à consulter par la suite le dossier *online,* ces données y figureront certainement, qui pensera à le faire après ça, rétorque le médecin, déçu, le placenta suspendu par le bout du cordon, celui-là même qui nourrit maintenant cette curiosité, tranche le médecin de garde, mes curiosités sont très versatiles, ça c'est un problème de constance, réplique le médecin de garde, en effet, c'est comme dit saint Augustin, donnez-moi la chasteté et la constance, mais pas aujourd'hui, répond l'autre, c'est le problème de la jeunesse, ou son avantage compétitif naturel, nous convenons de notre désaccord, propose le médecin de garde, nous en convenons, en effet.

Joana, tu t'es bien laissé berner par ces blouses blanches, n'est-ce pas, maintenant tu es là couchée, immobile, sans enfant et privée de ta liberté de mouvements, à la merci du premier crétin qui viendra te pousser dans ton lit jusqu'où bon lui semble, c'est toi, plafond, pense Joana, qui d'autre dans ce moment d'affliction, demande le plafond, mais n'avais-je pas épuisé déjà ta figure de style il y a quelques heures, ma petite Joana, je te croyais plus maline, tu crois vraiment que la simple répétition suffit à me crever comme une vulgaire métaphore, j'en étais convaincue, en effet, eh bien détrompe-toi, Joana, car ce qui fait ma force, ce n'est pas le fait d'apparaître, mais plutôt ce que je dis, et sur ce plan ma richesse est telle qu'on n'a pas encore fait de relevé littéraire capable de m'épuiser, tu comprends, ma petite Joana, c'est le fond, non la forme, c'est le fond, Joana en prend note, mais quel est ce fond, continue-t-elle, être là pour toi en cette heure indue, et tu peux m'aider, je peux, comment, je peux larguer tes amarres, comme j'ai déjà fait, puis, puis tu feras ce que tu voudras, l'usage que tu fais de ta liberté ne me regarde pas, quel prix dois-je payer, comme te voilà méfiante, Joana, la vie je suppose, mais tu as déjà payé une avance considérable, tu te souviens de m'avoir dit que rien n'est gratuit, c'est un fait, rétorque le plafond, cynique, mais toi tu as déjà payé tout ce qu'il faut, nous sommes satisfaits, qui est satisfait, demande Joana, pourquoi parles-tu au pluriel, mais Joana, un plafond ce n'est qu'un sol caché, figure-toi qu'au-dessus de moi il y a ceux à qui je parle avec la même révérence que toi tu devrais avoir pour moi, n'était ton aversion naturelle à l'autorité et ton incapacité à comprendre le mysticisme des choses, alors, interpose Joana, tout le monde est heureux, pas tout le monde, réplique le plafond, ça c'est une impossibilité qui découle de la fabrication originale du monde, mais ceux qui comptent le sont, et ce sont eux qui comptent, qui sont-ils donc, demande Joana, ceux qui sont sur mes épaules, et ils sont nombreux, ils sont suffisants, je te reverrai, je serai toujours au-dessus de toi, tu pourras m'entendre de nouveau, tu comprends, oui, et alors, je ne sais pas.

Laissez le placenta ici, dit le médecin de garde, en désignant une boîte métallique à côté de la table de Joana, laissez-le là, quelqu'un de l'anatomie viendra vite le prendre, on ne le pèse pas, ce n'est pas la peine, mais c'est un beau placenta, un de plus, mais celui-là c'est un des plus beaux que j'aie vus, il n'est pas mal, en effet, mais pas assez pour me faire perdre dix minutes et salir du matériel pour satisfaire une curiosité versatile, comme vous l'avez qualifiée il y a un instant, vous comprenez, vous semblez avoir un problème avec la fougue juvénile, collègue, réplique le jeune médecin, pas du tout, collègue, pas du tout mais, avec cette tragédie, j'ai terminé mon service et j'aimerais sortir à temps de voir encore la lumière du jour, cela vous paraîtra sans doute un détail, parce que vous la croyez garantie pour tous les jours de cette éternité à court terme, mais moi je suis de la vieille école, vous vous en doutez bien, et je tiens à ces petites choses transitoires, il est vrai que ce qui est pour moi le sel de la vie doit être bien fade pour vous,

c'est pourquoi le mieux à faire est de réconcilier nos deux tempéraments et de sortir d'ici en laissant ces gens en paix, pour qu'ils aient la possibilité de digérer tout ça en tant que couple, et la femme, collègue, la femme doit être vue par la psychiatrie, il est possible qu'elle ait pété un câble, ou alors elle est en état de choc, quel est votre avis, collègue, je ne suis pas psychiatre, dites quand même, insiste le jeune, je crois que quand on franchit certains ponts, on ne peut plus revenir en arrière, parce qu'ils s'écroulent à notre passage, mais je me suis déjà trompé sur tout et de beaucoup, donc mon opinion vaut ce qu'elle vaut.
Les deux médecins s'éloignent, Jorge est assis, sur la chaise qui l'a soutenu dans la tragédie, ses mains sur son visage, il pense et il pleure, il pense ou il pleure, il change seulement la modulation de l'acte, sans changer la position de son corps, nous sommes jeunes, nous en aurons un autre, celui-ci va sortir d'ici dans un petit cercueil blanc, immaculé par le baptême, sans avoir jamais vu ce monde qui n'est que le caniveau de plus en plus profond de l'âme, nous irons à l'état civil la semaine prochaine, c'est Francisco, il y a longtemps que nous le voulions, il est mort durant l'accouchement : comme c'est malheureux, dira le balourd de service, à qui nous fournirons l'adresse et la filiation, et en moins de dix minutes nous aurons informé l'État, en la personne de l'officier d'état civil, que nous avons lamentablement foiré dans la conception des choses, que le gâteau a brûlé dans le four par

négligence ou par ignorance, que nous avons été incapables de croître et de nous multiplier, que nous n'avons fait qu'engraisser, des mois durant, pour finalement recracher la mort dans une éructation malséante, qu'ils ont passé des années à nous injecter des choses pour qu'à la fin nous nous dispersions en une profusion de moisissure, ils nous considéreront désormais comme les ratés que nous sommes, tout le monde a des enfants, même les plus bêtes et les plus pauvres, ces derniers encore plus, mais nous, notre lot a été de les transporter du ventre à la tombe, sans l'intermède béni d'une friction aux choses de la vie, on a échoué, pense Jorge, et il pleure, on a échoué ou on a été punis, ce qui, au fond, admet-il en silence pour lui-même, revient exactement au même.

Jorge n'a pas la force de se lever ni, sous le bourdonnement électrique de la pluie de lumière, de se tourner pour faire face à Joana, couchée sur le dos et attachée – pour sa propre sécurité, l'a-t-on rassuré, elle a déjà mordu une infirmière, a-t-on ajouté –, afin de lui dire : Joana, mon amour, nous sommes jeunes, nous pouvons en avoir un autre, se remplissant la bouche avec les mots des autres, comme s'il n'en avait pas à lui, ou si ces derniers avaient disparu si parfaitement qu'il fût obligé de parler par la bouche d'autrui, Joana, ce n'est rien, après tout il a été baptisé, comme tu voulais, il doit être au ciel, par voie expresse et sans réservation, il doit être assis à côté de Lui à présent, à côté du Père de tous les pères, racine de toute maternité réalisable, songe qu'il lui est arrivé ce qu'il pouvait lui arriver de mieux, nous sommes jeunes, nous pouvons en avoir un autre, que nous pourrons gâter en le corsetant de notre affection sans bornes, on a échoué, c'était une première tentative, c'est normal, laisse-moi te détacher les mains, mon amour, et les pieds, allons chercher tes habits, puis nous irons voir Francisco, où qu'il soit, si tu veux, bien sûr, si tu veux, ils ont dû l'ouvrir et le recoudre, pour découvrir son défaut de fabrication, peut-être l'ont-ils rempli de chiffons, comme les poupées anciennes, et nous n'enterrerons qu'une peau, une peau complètement homogène, qui ne s'est jamais déchirée par les yeux pour laisser le monde éclabousser ses pousses de désirs, et si ça se trouve c'est pour le mieux, car nous sommes jeunes, nous pouvons en avoir un autre, plusieurs autres, des jumeaux, qui sait, les traitements sont de plus en plus puissants, de plus en plus performants, on finira par se lasser d'avoir des gamins qui sautillent à la maison, dans un bruissement de bourdons nains, qui cabriolent avec une incontrôlable frénésie, ne dépassant pas le niveau de la ceinture, toi très maternelle, les appelant pour le dîner ou pour le bain, moi très paternel, les grondant de se fatiguer de faire une chose ou l'autre jusqu'au bout, nous vieillirons ainsi, ensemble, comme nous nous le sommes promis lorsque nous avons découvert que vieillir est inévitable, tu comprends Joana, vois ça comme une dernière répétition, où tout se passe aussi mal que possible, ce qui augure d'une magnifique première, comme au temps de la faculté et de la troupe de théâtre, nous sommes jeunes, nous en aurons d'autres, nous vieillirons ainsi ensemble, et Jorge, péniblement, tout engourdi d'une faiblesse qui naît dans sa tête pour se répandre dans tout son corps, se lève, lentement, s'appuyant sur les genoux pour relever l'échine, puis sur les reins pour dénouer son ventre, il se tourne lentement vers Joana, qui est là, très souriante, les mains libres, Jorge se frotte les yeux pour dissiper toute confusion visuelle, mais c'est bien elle, oui, qui lui fait signe, l'index sur les lèvres pour qu'il fasse silence, et, en s'approchant, Jorge s'aperçoit que Joana tient dans ses bras le placenta resté là pour que l'anatomie le recueille, elle a relevé sa blouse jusqu'à la poitrine, elle porte le placenta contre son sein comme si c'était un enfant, de petits lambeaux s'en détachent, qu'elle secoue comme des miettes, elle est heureuse, elle fait signe à Jorge de s'approcher, pour qu'il partage son bonheur, son sein droit et son ventre sont pleins de sang, c'est le placenta qui se liquéfie sous l'étreinte, bientôt, il ne restera rien de cet organe érigé en créature, en dehors d'une grosse tache de sang, il porte ses mains à sa tête, il essaie de sourire, après tout, la mort n'est pas forcément un événement simultané, Joana tient fermement le placenta qui, au terme de sa mission, n'a plus d'arguments pour se maintenir en cohésion, et rapidement ce ne sera plus que du sang, pense Jorge, plus que du sang, que tiendra-t-elle quand il ne restera plus rien, pense-t-il, et en arrivant près de Joana, il se laisse tomber à genoux, il sent sa main lui caresser les cheveux, nous sommes une famille à présent, tu m'entends, nous sommes une famille à présent.

DU MÊME AUTEUR

VALÉRIO ROMÃO

Autisme
traduit par Elisabeth Monteiro Rodrigues

De la famille
traduit par Elisabeth Monteiro Rodrigues

OUVRAGE COMPOSÉ PAR ANNE LIMA
EN ZAPF RENAISSANCE ANTIQUA
IMPRESSION ACHEVÉE SUR LES PRESSES
DE L'IMPRIMERIE FINIDR
EN JUIN 2019